探偵ザンティピーの惻隠

小 路 幸 也

幻冬舎文庫

探偵ザンティピーの惻隠

プロローグ

人は誰でも〈秘密〉を抱えているものだ。

〈秘密〉という言葉の響きが大げさだと言うならば、単に〈隠し事〉でもいい。あるいは〈人に言えない思い出〉と言い換えれば誰もが頷《うなず》いてくれるだろう。

誰もがそういうものを抱えている。あるいは背負って日々を生きている。まだ人生という言葉の意味さえ摑《つか》めないローティーンの子供にでさえ、親には絶対に言いたくないことのひとつや二つはあるものだ。

しかし子供ならば、秘密も隠し事も言えない思い出も「可愛いものだ」で済むだろう。中にはとんでもないものがあるかもしれないが、そういうものを抱えた子供はもはや子供ではない。大人の仲間として迎え入れなければならない。

そして大人の場合は。

その〈秘密〉や〈隠し事〉が本当に些《さ》細《さい》なものなら、単に人生を彩るエッセンスとして苦笑いで済ませることもできるだろう。週末にバーのカウンターで親しい友人に告白すれば、また絆《きずな》が深まるかもしれない。そういう作用も〈秘密〉には確かにある。しかし、重大なトラブルになりかねない大きな秘密もあるだろう。むしろその割合の方が高いかもしれない。

我々探偵の飯の種はそれだ。

探偵は、他人が抱えた〈秘密〉や〈隠し事〉を暴《あば》いて報酬を得ている。むろん、依頼されて初めてその秘密を追うのだ。許可も取らずに勝手に暴いてむやみにそこらに売って歩くまるで強姦魔《ごうかんま》のような三流タブロイド紙記者とは違う。一緒にしてほしくはない。

誰かが言っていたが、探偵とは生き方だ。

探偵という職に就くのではない。探偵という生き方を選ぶのだ。それはつまり、〈他人の秘密とそれに連なる不幸を一生抱え込み墓場に持ち込む〉覚悟と誇りを胸に生きるということだ。そして代わりに報酬を得ていくのだ。そう思わねばやっていけないという部分もあるにはあるが。

けれども、人として当たり前のことだが、できれば誰にも迷惑は掛けたくない。そして不幸にもなってほしくない。他人様《ひとさま》の秘密を暴いておいて誰も不幸にならないなどということは本来あり得ない。

それでも、そう思う。

人が生きる意味とは、幸福を追い求めることだ。できれば私が秘密を抱え込むことで依頼人の、あるいは関係者の人生に、ほんの少しでも幸福の灯火《ともしび》が灯ってくれればいいのだが。


そして探偵である私の今の幸福は何かと考えるのならば、期限が明日に迫った家賃の支払いをしないで済むか、あるいは来月まで待つとの大家の確約を貰うか、あるいは臨時収入が入って堂々と家賃を支払いに行けるかの三つだ。それ以外はない。

金だ。金がないのだ。

あまりにもさもしい幸福の求め方だがこれはいかんともし難い。資本主義の世の中においては幸福は金で買うのがいちばん手っ取り早い。金で買えない幸福ももちろんあるが、それは手に入れるのを急いではいけないし、手に入れようと思っても中々入るものではない。

朝起きてシャワーを浴び、冷蔵庫に残っていたオレンジジュースと昨日の夜食の残りである一かけらのサンドイッチを口に放り込んだ後、コーヒーを飲みたいと思いながらも豆さえもない。

財布の中身と口座に残っている金を全部使えば一ヶ月分の家賃はなんとかなるだろう。しかしそうなると今日の晩飯を食べる金さえもなくなってしまう。その気になれば飯を奢《おご》ってくれる友人の一人や二人、いや改めて数えてみたらなんとか十人ぐらいはいたが、晩飯の時間が来る度に今日は誰に声を掛けようかと悩むことを考えたら滅入ってきた。

『まったく、だ』

事務所の窓を開ける。七階の窓からは排気ガスの匂いと一緒に車のクラクションと雑踏の騒《ざわ》めきが流れ込んでくる。

ニューヨーク、マンハッタン。

この街はいつでもジャズを謳《うた》っていると語ったのはいつの時代の市長だったか。市長がそんな詩を語っても誰も笑わず同意するのはこの街の美点だ。だからこそここに住み続けているのだが。

ほんの一週間前には、私の掌《てのひら》の上には札束があった。家賃を一年分払ってもまだお釣りが来るような金額だ。それは、狙《ねら》って手に入れた金ではなかった。

賞金だった。

逃走している犯罪者を捕まえたときに出される報償金だ。この愛すべきくそったれな国にはそういうシステムがある。報償金を掛けられた人間がいる。所謂《いわゆる》〈賞金首〉と呼ばれる犯罪者だ。フロンティアの精神未だ死なず。

もちろん、賞金首を捕まえるのは探偵の仕事ではない。それを業務の一部とする探偵もいないわけではないのだが、総じてそれは仲間内から見下されることになる。そう、この卑しいとされる探偵稼業にだって引き受けざる仕事はあるのだ。私はまだそこまで落ちぶれてはいない。そのつもりだ。

探偵が時折〈足〉と呼ばれるのと同じ意味で、〈賞金稼ぎ〉であるバウンティハンターの連中は〈鼻〉と呼ばれる。私は意図せずまさしくその〈鼻〉の連中の鼻を明かしてしまったのだ。

まさか〈賞金首〉とは知らずに別の依頼でその男を捕まえてしまった。むろんそれは正当な報酬なのだから受け取って使ってしまって構わないのだが、後々にひどい嫌がらせを受けることもある。ある探偵などは事務所の窓ガラスを全部割られた。それも入れ替える度に。

どんな世界にも仁義というものはあるのだ。そして私は仁義を重んじる方だ。

大金が私の掌の上にあった時間はほんの一時間ぐらいで、その一時間の間に三十回ほどの溜息をつき、そしてその報償金を私は返却した。慈善事業に寄付するという手段もあったが、〈鼻〉の連中に広く情報を行き渡らせるためには報償金を設定した人物に返すのが一番なのだ。仕方ない。失った金を数えてもしょうがない。〈鼻〉の連中が私立探偵ザンティピー・リーブズは中々気骨のある奴じゃないかと思ってくれて、これ以降に何かの依頼を持ってきてくれるかもしれないと淡い希望を抱くのみだ。

三日前に報告書を提出した浮気調査の報酬が入るのは二週間後だ。それは大手興信所の下請け仕事だったのでどうしようもない。あそこは金払いがいいが契約を遵守するので前払いなど期待できない。一週間前に引き受けた人捜しの依頼は成功報酬だ。前払いで貰った着手金は既に三ヶ月前の家賃の支払いに消えた。

やはり大家のところに直接出向いてさらに家賃の支払いを待ってもらうしかない。それしかないが、あの嫌味と愚痴と説教をまた小一時間も下手したら二時間も聞かなければならないと思うとこのままトンズラした方がマシだと思えてくる。

事務所の掃除を始めたのもそのせいだ。

他にやることがないのだからしょうがない。大家が確実に家にいるのは、夕方以降なのだ。動けば余計に腹が減るだろうが、じっとソファに寝ているよりは身体を動かしている方がまだマシだ。

せめてやってくる、やってきてほしい依頼人に、この人ならば大丈夫という好印象を与えてそのまま依頼成立に持っていくためには事務所を清潔に保つのも必要なことだろう。そう自分に言い聞かせて掃除をしていた。それも、徹底的にだ。なんだったら床にワックスまで掛けようかと思っていた。

そのせいで、ノックの音が響いていたのに気づかなかった。ノックの音がドアを蹴り飛ばす音に変わってようやく気づいた。

確かにうちの事務所のドアは建て付けが悪くなって開けづらいのだが、ノックに反応がないからといってあんなふうにドアを蹴り飛ばす依頼人などいない。モンティ・パイソンのギャグなら順番が逆だ。

『開いてるぞバートン！』

奴しかいないだろう。下の六階にいる怪しげな貿易商でありこのビルで唯一の顔見知り。決して信用できる男ではないが、仕事帰りに一杯やるのにはいい男だ。どうせその太鼓腹を突き出して片手にコーヒー片手にホットドッグを持っているからドアを開けられないとでも言ってくるんだ。そのホットドッグを奪って食べてやる。

だが、聞こえてきたのはシモーヌの声だった。愛すべき無償のアシスタント。

『ザンティピー!』

『シモーヌか? 開いてるぞ?』

『開かないのよ!』

ドン! と盛大にドアが蹴られて板にヒビが入り塗ってあるペンキが剝《は》がれ落ちた。いよいよ掃除ではなく日曜大工に精を出さなきゃまずいかもしれない。

そんなことだろうと思ってた、と、シモーヌが広げたランチボックスには眩《まぶ》しいほどに色鮮やかな野菜サラダとサンドイッチと揚げたチキンが入っていた。紙袋には二週間は持つであろうコーヒー豆と煙草のカートン。

『どうせまた家賃が払えなくて困っているんでしょ?』

心底ありがたくてシモーヌを強く抱きしめて親愛の情を込めたキスをしたかったの

だが、もう一人連れの女性がいたので軽く頬を合わせる程度にしておいた。

初対面の女性の名前は、エヴァ・デニスン。

赤毛に茶色の瞳。

そこを除けば体形や髪形などはほぼシモーヌと一緒だった。並んでいるのを後ろから見たら姉妹か双子かと思うかもしれない。奇抜な色の組み合わせを好むシモーヌとは正反対にベージュのパンツに同系色の薄手のカーディガンという実にシックな、言い換えれば地味なファッションセンスはなるほど大学の事務職員という職種に相応《ふさわ》しかった。

それに対してシモーヌの帽子とジャケットのカラーリングにはいつもながら眩暈《めまい》がしそうだった。どうすれば七色の、いやそれ以上の色を格子状に組み合わせた服を買う気になるのか。そして何故それがこうも似合うのか。会う度に感嘆する。

『まさか休日のブランチの場所にここを選んだわけじゃないだろうな』

テーブルなどないので、私の机の上に広げたランチボックスに手を伸ばしながら訊いた。

シモーヌがサンドイッチを頬張りながら肩を竦《すく》める。

『いくらなんでもそんな趣味はないわ』

『だろうな』

だとしたら、コーヒーを飲みながら今のやり取りを微笑《ほほえ》んで聞いているエヴァ嬢は何をしにここまでやってきたのか。

『あたりまえだけど、エヴァとは大学で知り合ったのね』

『そうだろうとも』

シモーヌは二十八歳の大学生だ。両親ともに既にいないが、優しい兄はいる。私の警察時代の相棒だったその兄アーノルドは、所謂潜入捜査官だ。私はもちろんシモーヌの前にももう半年以上姿を現していない。

そして私とシモーヌはその話題を決して口にしない。

生きていることだけは確かだ。おそらくはまだ昨日までは。

潜入捜査の最中に運悪く死去したのなら、それは真っ先に私の耳に入るようにかつての同僚たちや上司には頼んである。シモーヌには、私の口から伝えてほしいというのがアーノルドの遺言だ。

同じように私が死んだのなら、シモーヌの口からアーノルドに伝えてほしいと半年前に書き直した遺言書に書いてある。

そう、私とアーノルドは互いに遺言書を交換し合っている。生きて会えたときには互いにその遺言書を見せ合い、追加の事項や削除する事項を確かめ合う。私が警察官を辞めたときにそうしようと決めたのだ。

死ぬまで、いや死んでも切れない腐れ縁だ。

その遺言の中には、もしアーノルドにそれが叶わないのなら、シモーヌの幸せを私が見届けるという約束も含まれている。何が幸せなのかはその人にしかわからないが、シモーヌが私の探偵事務所に勝手に出入りするのも、ときにはアシスタントを務めているのもそのためだ。彼女がやりたいと言っているから、そうさせている。とても幸せな環境とは思えないのだが彼女は喜んでここにやってくる。

『それで？』

話を促すとシモーヌは顔を顰《しか》めた。

『食べてからにしましょうよ。仕事の話なんだから』

仕事か。

依頼人なのかエヴァは。

『それはありがたいな』

私は年の割にはフレキシブルな考え方をする人間だ。十いくつも下の、相棒の妹に日々の食事の心配をしてもらったり依頼人を連れて来てもらったりするのを情けないとは思わない。ありがたく何もかも受け入れる。

エヴァがくすりと笑った。服装と同じく地味な顔立ちではあるが、そうやって笑顔になればそれなりにキュートに見える。そもそも女性は笑っていた方がいいのだ。女性が微笑んでいてくれれば世の中の三十パーセントの悩み事は解決するはずだ。

『そしてね、ザンティピー』

『なんだ』

『とってもいい依頼なのよ』

『さらにありがたいな』

シモーヌとエヴァが顔を見合わせて笑い合った。そうして、エヴァがほんの少しだけ背筋を伸ばすようにして、私を見て口を開いた。

「ザンティピーさん、にほんご、うまいのですね？」

たどたどしいが、確かに日本語だった。今度は私がほんの少し驚いて、笑った。

「こりゃあ吃驚《びっくり》仰天おつむてんてんってもんだ。あんたの口から日本語を聞けるとはねぇ、嬉《うれ》しいねぇ」

そう日本語で答えてあげた。もっとも私のこの日本語は少々癖があるので彼女にはほとんど判らなかったかもしれないが。

案の定エヴァは苦笑した。

「すみません、すこし、わかりません」

「なぁに、驚いたってのを大げさに言ったまでよ。どこで日本語を習ったんだい」

「大学で、です」

そういえばシモーヌも日本語会話を少し習っていると言っていたか。そういうカリキュラムが充実しているのだろう。

私は、日本が大好きだ。

そして日本の温泉を愛してやまない。

最近は、老後は日本のどこかの温泉地に隠居して、そこで死にたいとまで考えるほど好きなのだ。

日本を好きになるきっかけになったのは、日本人なら誰もが知る、かの〈フーテンの寅さん〉だ。

偶然そのビデオを観た私は日本の風景や風俗はもちろん、何故か〈寅さん〉の喋《しゃべ》り方に魅了された。ビデオをかき集め何度も何度も観た。私の日本語は〈フーテンの寅〉仕込みなのだ。おそらく何のことかさっぱり判らないだろうが、そう教えるとエヴァは頷き、英語に戻して言った。

『シモーヌに聞きました。その他の国の言語もほとんど喋れるって』

その通りだ。

『フランス語イタリア語ロシア語ドイツ語スワヒリ語中国語はOKだな。実は日本以外の外国には行ったことはないのだが』

どうやら私は耳が極端に良いらしい。思い起こせばその兆候は子供の頃からあったのだ。どんな言語でも聞いていればすぐに発音に慣れ、単語を覚えやがて構文を理解して会話ができるようになる。三時間程度もその人と話せば、日常会話ぐらいは喋れる自信がある。

ニューヨークのマンハッタンで探偵という仕事をしていると様々な人種と深くかかわることになる。むろんアメリカでは大抵の人間が英語を話すが、その人の母国語を使って会話した方が、その人物の心情の深いところに触れることができるケースがままある。

そしてそれは、かつての仕事だった警察官の職務を円滑に進めるのには、かなり有効な手段だった。私が警察のキャリアの最後の方に潜入捜査官をやっていたのも、その能力故だ。

『妹さんが、日本にいるんですよね』

『そう』

私の実の妹のアレクザンドラ・リーブズ、サンディは日本にいる。北海道のオ・ヴィラという町の〈ゆーらっくの湯〉という温泉旅館で、若女将をしているのだ。

『十三歳、年が離れていてね』

ちょうどシモーヌやエヴァと同じ年頃だ。私とは不仲である両親と一緒にロサンゼルスに住んでいた頃、日本から留学してきた〈ゆーらっくの湯〉の三代目、笠島隆一《かさじまりゅういち》と恋に落ち、結婚して日本に住むことになった。温泉旅館の若女将として生きていく決意をしたのだ。

笠島家の皆には、会ってきた。そこではかなりいろいろあったのだが、とても優しい人ばかりだった。兄としても、その様子に心底ホッとしたものだ。

机の引き出しを開けて、そこに入っている写真を取り出してエヴァに見せてあげた。

『これがサンディと、彼女が住む町の様子だ』

送ってくれたのは、仲良しになったジュンとマコという〈ゆーらっくの湯〉の近所に住む子供たちだ。日本でいうところの小学生だった二人ももう中学生になったとつい最近も手紙が来た。

『とてもきれいな海ですね』

『いいところさ。日本は、本当に良い国だ』

二度の訪問で幻滅したところなど一切ない。結局その二度とも事件に巻き込まれてしまって、愉快な観光とはいかなくなってしまったのは、まぁ玉に瑕《きず》というものだ。

シモーヌがサンドイッチを頬張りながら私に言う。

『喜んでザンティピー。また日本の〈オンセン〉で思う存分日本語を喋れるわよ』

『なに？』

日本に？

『温泉に行くのか？』

『しかも〈ホッカイドー〉のよ』
なんと。

1

イリノイ州のスプリングフィールド市が生まれ故郷だとエヴァが言った。

『一度だけ仕事で行ったことあるな』

そう言いながらもそこがどんなところだったかを思い出せなかった。失踪した男を捜す仕事だった。

実は私のように一人でやっている探偵が人捜しを請け負うことはほとんどない。判り切った話だがこの広いニューヨーク、いやアメリカで、たった一人で人捜しを行うなんていうのは、ゴビ砂漠で落とした結婚指輪を探すようなものだ。だからその仕事も大手の興信所の下請け仕事だった。失踪した男がスプリングフィールド市にいるという確実な情報を得て、私が二キロ程街中を追いかけっこして確保しただけの仕事だ。ギャラは安いが確実に金になる。五年も前だったか。そう言っては申し訳ないが、さして特徴もない街だったような気もする。

そこでエヴァは、彼女が言うには輝くようなこともなく、さりとて曇るようなこともない子供時代と、女学生時代を過ごした。祖父と祖母、そして父と母という大人に囲まれた一人っ子として大事にされた。

『どちらかといえば、大人しい目立たない子だったと思います』

成程そうだろうな、と私は微笑みながら頷いた。その片鱗《へんりん》は今も垣間見える。含羞《はにか》むような微笑み方は内気な性格を現しているし、大学の事務職員という職種もそうだろう。決して派手好みの女性ではない。

今、シモーヌが聴講生として通っている大学を卒業し、縁があってそのまま事務方に採用された。祖父母はもういないが、両親はまだ健在。事あるごとに帰ってこいと、あるいは結婚はまだかと言われるが今の暮らしは気に入っている。

『エヴァは本さえあればそれで幸せって人なのよ。暇さえあれば大学の図書館に籠《こも》っているわ』

シモーヌの言葉に頷く。頷くが、一体どうやってシモーヌと仲良くなったのか。私が知る限り彼女はエヴァと正反対の女性だ。派手なのは服装だけで決して性格的に浮ついた女性ではないが、シモーヌは実に活動的だ。所謂アウトドアが大好きだ。それは兄妹してそうなのだ。およそ図書館などとは無縁のはずだったが。

私のそういう表情を見抜いたのだろう。シモーヌは唇の端を上げて笑い、ランチボックスを指差した。

『最近の私たちは、二人でいつも料理を作ってハイキングに出掛けているのよ』

主に湖を目掛けていって、緑と青空の下で美味《おい》しいものを食べる。シモーヌが釣りやカヌーを楽しんでいる間にエヴァは本を読む。そうやって楽しんでいるという。

『男抜きですけど、言っとくけど宗旨替えしたわけじゃありませんからね』

『わかった』

一緒にいて、そして別のことをやっていてもまったく気にならずむしろ安心できる。そういう女友達を見つけられたということなんだろう。それはいいことだ。半年以上も連絡もない兄のことを考えない、気を紛《まぎ》らわせることができるのなら大歓迎だ。

『今度は、ぜひザンティピーさんも一緒に』

エヴァがそう言うが、さて私は山や湖に出掛けて何をするか。思いつかなかったのでとりあえず微笑んで同意しておいた。

『それで？』

ランチボックスを片付けたデスクの上で、私はメモ帳を広げペンを手にした。彼女は探偵のこの私に依頼をしてくれるという。それも、日本の温泉に行けるという。一体どんな探偵仕事だというのか。

　エヴァが頷いて、窓際の棚に置いてあった自分のバッグを手にして、中から一枚の封筒を取り出し、デスクの上に置いた。

『開けていいのかな？』

『どうぞ』

　中には、写真が一枚。慎重に取り出して、見た。

『日本の兵士か』

　古いモノクロ写真だ。乱暴に扱えばすぐにも破れてしまいそうになる。デスクの引き出しから証拠保存用のビニール袋を出して、それに写真を入れた。

　屋外で撮った写真だ。山の中だろうか。背後に山並みが見える。古びたような日本の家屋もある。直立不動の兵士の写真。

『これは？』

『祖父の形見なんです』

　成程、たぶんお祖父《じい》さんは戦争で日本と戦った。メモをひとつ。

『私は、お祖父さんっ子でした。小さい頃はいつも祖父の部屋で遊んでいたんです。祖父も読書家だったので本がたくさんあって、私は何時間でも祖父の部屋で過ごしていました』

眼に見えるようだ。幸福な家庭。お祖父さんはさぞや孫が、エヴァが可愛かったことだろう。

『この写真も、大事なものだと教えられました。戦争で捕虜になった日本人兵士なのだそうです。祖父はこの人と互いに戦った者という垣根を越えて、友情を誓い合ったと言っていました。その証しに、この写真を持っていたんだと』

シモーヌも私も、頷いていた。

戦争は愚かな事だ。それを皆が知っていながらも今も世界のどこかで戦争は続いている。私が愛する日本と祖国アメリカは、かつて愚かで悲惨な戦争を続けたのだ。その傷跡は、爪痕は三十五年以上経った今でも両国のそこかしこにあるのだろう。

しかし、国同士が戦ったとしても、人間同士は別だ。たとえ敵味方に別れたとしても、同じ人間だ。話し合えば判り合えるはずだ。互いに友情を結ぶこともできるだろう。現に私も日本に大切な友人がたくさんいる。友人どころか、妹さえ日本にいる。

『依頼というのは』

　エヴァが続けた。

『この写真を、持ち主に、つまりこの写真に写っている日本人の方に返却したいんです』

　返却。

『返却したいということは』

　そしてさっきシモーヌが言っていたことを考え合わせるならば。

『この日本兵の住んでいた場所が日本の北海道だということは判っているんだな？』

『そうです』

『それならば、その先の住所も判っているのならの話だが、私たちの住むこの世界には郵便という便利な制度があるのだが』

　世界中のどこにだろうと郵便屋さんが手紙を荷物を届けてくれる。

『とんでもない金額の旅費が掛かるのだから、わざわざ日本に出向く必要もない。郵便ならおそらく旅費の百分の一の金額で済む話だね』

　探偵を雇う必要もない。

『むろん、その住所に今も住んでいるという保証は確かにないだろうが』

送ってみて、戻ってきたのならまた手段を考えてみればいい。親切心からそう言うと、シモーヌとエヴァがまた顔を見合わせてから微笑み合った。

『詳しい住所までは判らないんです。そして、実は、先日宝くじが当たったんです』

『ほう』

それは羨《うらや》ましい。とてつもなく。

『その写真の裏を見てください』

『裏？』

そっと引っ繰り返すと、そこに何かが書いてあった痕跡があった。万年筆だったのか何か判らないが、今では何か文字のようなものの跡がある、ということしか判らない。引き出しからルーペを取り出して子細に観察してみたが、やはり読み取れない。

読み取れないが。

『ひょっとしたらこれは、日本語かな？』

私は日本語を流暢《りゅうちょう》に操ることができるが、読むことはできない。ただ、字を見てこれは日本語なのだろうという判断はできる。生憎《あいにく》とそこに中国語が混じったのなら如《い》何《ん》ともし難いが。

『私も日本語はまだ読めませんが、日本語だと、祖父が言っていたのは覚えています』

そうだろう。私も何度となく日本語の文字は眼にしているがいまだになにがなにやらさっぱりわからない。しかしこのほとんど消えかかっている文字のようなものの中には〈ひらがな〉という日本の文字があるようにも見える。

『でも』

エヴァが指差した。

『この部分は、今でも判読できますよね』

『確かに』

かすれてしまってほとんど見えなくはなっているが、数字だ。そこだけは判る。四桁の数字が読み取れる。その下の行には、三桁の数字。

写真の裏に書き留める数字とは何だろう？　この写真を撮った日付とかそういうものならば理解はできるが。

『いったい何の数字かも判らないんですけど、私、ふと、この数字の組み合わせで宝くじを買ったんです。そうしたら』

『当たってしまったのか？』

こくり、と、微笑みながらエヴァは頷いた。数字を組み合わせて買う類いの宝くじだろう。私は買ったことはないのだが。当たった金額を聞くとそこらの大企業の社員の一年分の給料ぐらいはあった。

『びっくりしたんですけど、思ったんです。これは祖父が当ててくれたんじゃないかって。そしてこの写真を返しに日本へ行けって言ってるんじゃないかって』

『成程』

頷くエヴァとシモーヌに私も頷き返した。

祖父の形見の写真に書いてあった数字で宝くじが当たった。

滅多にあることではない、幸運な偶然だろう。そしてお祖父ちゃん子だったというエヴァが、その幸運は祖父の意思なのではないかと考えたことも充分に理解できる。

私にだって祖父はいた。可愛がってもらった記憶はある。

『それでね』

シモーヌだ。

『私がザンティピーのことを話したの。ホッカイドーのオンセンに詳しい探偵がいるって。しかもその人は紳士で女性の頼みは必ず聞いてくれるし、仕事は命に代えても遂行してくれるって』

『さすがに命は惜しいな』

私だってまだ死にたくはない。依頼人のために命までは掛けたくはないが。

『しかし、話はわかった』

もう一度写真を見た。日本人に限らず東洋人の年齢というのは、顔を見ただけでは私たちには判り難い。しかし、写真に、覚悟を決めたような真剣な顔で写っているのは明らかに青年だ。戦争に行ったことも考え合わせれば十代後半か二十代であることは間違いないだろう。

肝心なことを確かめなきゃならない。

『この彼は、生きて帰ったんだろうね？』

エヴァは首を傾げた。

『済みません、それも判らないんです。祖父から聞いていたのかもしれないんですけど記憶にはなくて』

またひとつメモ。生きているのか死んでいるのかもわからない。

『仮に生きて帰ったとしても』

おそらくは六十代にはなっているだろう。まだ充分に若いが、せっかく戦争を生き延びたのにもかかわらず、不幸にも病や事故で日本で死んでしまった可能性もある。

『そういう場合は、彼の身内を捜し出して、その方にこの写真を返したいというわけだね？』

『そうです』

若い女性の依頼というのは特に珍しくはない。しかし、探偵への依頼料というのは決して安くはない。基本的には一日幾らの計算になる。調査をすればするほど、日にちが掛かれば掛かるほどその金額は嵩《かさ》んでいく。とても若い女性に払い切れないものになる場合だってある。こちらとしては正規の料金を取りたいのは山々だが、依頼人の懐具合によっては少しの手付金だけ貰い、後は成功報酬という形にすることもあるのだ。

しかし、今回の場合はそれを気にすることもないようだ。

『正規の料金となると、滞在費も含めて結構な金額になるがそれでも構わないのかな？』

『はい、構いません』

しっかりとエヴァは頷いた。

『宝くじの当選金を手元に残しておくつもりはありません。全部、この写真を返却するということに使いたいんです』

殊勝な心掛けだ。

『その他に手掛かりになるというのは』

エヴァが頷いた。

『祖父から聞かされて私が覚えているのは、まず、この男性の名前は〈カタヒラ〉さんということ』

メモをする。

〈カタヒラ〉、か。

それが日本で言うところの姓名の姓だというのは判断できる。伊達《だて》に〈寅さん〉を全部何度も観たわけではない。断言はできないが、まず名ではないだろう。珍しい姓かどうかまでは判らないが。

『そして、この写真を撮った場所は日本の〈ホッカイドー〉の〈ゴシックオンセン〉というところだと。それだけなんです』

『〈ゴシックオンセン〉？』

ゴシックとは、建築や美術の方面で使われる言葉だろう。それは確実に日本語ではない。そう言うと、苦笑いしながらエヴァが頷いた。

『たぶん、私が間違えて覚えたか、祖父の発音が悪かったかのどちらかと思うんですけど、日本にそんな名前の〈オンセン〉があるはずないですよね？』

少し考えた。

『いや、今なら、可能性はあるな』

戦争から三十五年以上経った日本では、英語ももちろんふんだんに使われている。

『妹のサンディが嫁いだ温泉旅館の名前は〈ゆーらっくの湯〉という。〈ゆーらっく〉というのは造語だが英語風にも聞こえる』

だから、〈ゴシックオンセン〉という名前の温泉が日本のどこかにあっても不思議ではないだろう。ゴシックと温泉を結びつける意味はまったく理解できないが。

『ただ、この写真が撮られた時代性を考えるとそれが正式の名前だとは考え難いな。

敵国の言葉を名称に使った温泉があったとは思えない』

『そうですよね』

〈カタヒラ〉という名前、そして北海道の〈ゴシック温泉〉。

手掛かりとしてはあまりに少な過ぎるが、しかし大丈夫だろうという気もした。北海道のル・モエにはサンディがいる。夫の隆一くんもいるし、向こうではすっかり私の相棒のようになってしまった厚田先生もいるしミッキーもいる。そう、同じく温泉地であるジョーザンキーには岩谷さんもいるではないか。

思わず頬が緩む。二度の北海道への訪問で、私には頼りになる友人がたくさん出来た。

『引き受けよう』

三度、日本の温泉に行けるのだ。これを断る手はない。

『ありがとうございます』

エヴァが嬉しそうに微笑んだ。

『もちろん、私も行くからね』

シモーヌが言う。二人ともそのつもりだったのだろう。私としても、いつも無給でアシスタントをしてくれるシモーヌには何かで感謝の形を表したかった。他人のお金でというのは心苦しいが、日本の温泉を愉《たの》しんでもらえれば嬉しい。

しかしその前に。

『エヴァ』

『はい』

恥ずかしい限りだが、これだけは言わなければならない。

『着手金として少しばかり前金で貰えると私としては非常にありがたいのだが』

家賃を払っておかないと、帰ってきたときに事務所がなくなっている可能性がある。

2

今回も事前にサンディに電話を入れることはしなかった。国際電話は高いのだから、日本に着いたところですればいいだろう。

つい一ヶ月ほど前にサンディから手紙が届いていたので近況は知っている。

手紙が伝えてきたのは嫌なニュースではない。それどころか、私はこの世が突然薔《ば》薇《ら》色になったかのような喜びを、手紙を読みながら噛《か》みしめていた。

サンディが妊娠したのだ。

子供が生まれて、母親になるのだ。

そして私は、伯父さんになるのだ。

いつかそういう喜びを噛みしめるときが来るだろうとは思っていたが、もう少し先だと考えていた。サンディも夫である隆一くんも、二、三年は子供を作らずに仕事に精を出すと言っていたからだ。しかし、子供は授かり物だというではないか。隆一くんはもちろん家族も皆喜んでくれているという。

もし、依頼人であるエヴァが許してくれるのならば、仕事が終わった後にサンディのところへ寄るつもりだ。気が早いと言われようがなんだろうが、赤ちゃんの服や玩具をしこたま買い込んでいくつもりだ。どこで買えば安く上がるかは、誰かに確認してみよう。

初めての海外旅行だというエヴァもシモーヌも、いったいその中には何が入っているのかと言いたくなる程の大きなトランクを抱えて空港に現れ、私に溜息をつかせた。まぁしょうがあるまい。女性には色々と必要なものがあるのだ。おそらく男の十倍ぐらいのものが日常生活で使用されるのだ。

『ザンティピーは慣れたものね』

シモーヌが感心したように言う。これで三度目の日本だ。それ以前に探偵という仕事柄、あちこちに滞在することは慣れている。たとえそれが廃虚のようなアパートの中での張り込みとかでもだ。

荷物は少ない方がいい。できれば身ひとつで移動するのがいちばんだ。

『お土産を入れるスペースは空けておいたか？』

『もちろん』

事前にアドバイスしておいたのだ。海外旅行に使うトランクには余裕がなければならない。そうでなければ、お土産の分だけ鞄をひとつ増やさなければならなくなるのだ。

日本へと向かう飛行機の中、私はスーツの胸ポケットに入れておいた〈カタヒラ〉さんの写真を確認していた。大事なものだからトランクに入れるより身に付けていた方が良いとエヴァに言うと、私に持っていてほしいとお願いされたのだ。

ビニール袋に入れてさらに型くずれしないように薄い木の板を裏に当ててさらに適当な革ケースを見つけてそれに挟んでおいた。これでどんなふうに持ち運んでも折れ曲がったりすることはない。

写真は、おそらくは出征間近のときに撮られたのだろう。軍服を着ている。もともと軍人だったということももちろん考えられるが、印象としては軍服が板に付いていない。借り物を着たような印象がある。だとしたら、兵士として召集されたごく普通の若者だったのだろう。

悲壮な印象を与える表情は、この若者が決して望んで戦争に赴《おもむ》いたわけではないことを示しているからだ。

むろん私は戦争を経験していない。しかし、悲しくも辛い話は関係者から何度も、たくさん聞かされている。二度の日本への、北海道の温泉への旅で巻き込まれた事件も戦争というものに決して無関係ではなかった。その影を落としたものだった。

愚かなことだ。しかし、愚かであることは人間の性《さが》なのではないかと思う。もしも人間が賢く完璧な生物ならばこの世に悲しみも憎しみもなくなっているはずだろう。

しかし、悲しみも憎しみもない世界があるとしたなら、ひょっとしたらそこには喜びもないのかもしれない。それらの思いは表裏一体のはずだ。悲しみがなければ喜びも判らない。辛さがなければ幸せも判らない。

決して争いがあるから平和があるという話ではない。愚かな自分を愛せよということだろう。私は熱心なクリスチャンではない。むしろ、不道徳だ。いやそれよりもあまりにも日本というものにシンパシーを感じた結果、私の信じる神は八百万《やおよろず》の神になっているかもしれない。

この〈カタヒラ〉という名の青年は、戦地で何に祈ったのだろう。

何を祈ったのだろう。

後ろの山は、モノクロだから判然とはしないが緑豊かな山々に見える。〈ゴシック温泉〉とやらは山中の温泉地なのか。山小屋のように見える建物は、あらためてじっくり見ると山小屋ではなく、単に柱に丸太を使っているのでそう見えただけかもしれない。ひょっとしたら丸太を使っているのは山の中という環境がそうさせただけで、この当時の日本の、普通の形の建物なのかもしれない。

いずれにしても、この写真からはそれ以外の情報は何も得られない。せいぜいが晴れた日だったのだろうというぐらいだ。

プランは立ててある。

日本の北海道の空港に着き次第、厚田先生に電話するのだ。小学校の先生である厚田先生は、趣味で歴史に興味があり、北海道の歴史には詳しい。その妻でもあり私の義妹になったミッキーは大学で民族学をやっていた。過去二度の北海道での滞在時にも、さんざんその辺の調査で世話になったのだ。

彼らなら〈ゴシック温泉〉の謎も解いてくれるだろう。

だがおそらく謎という程のものでもないだろう。日本語で〈ゴシック〉と聞き間違えそうな地名か、あるいは何かの名前を確認してもらえばいいのだ。候補がいくつか絞られれば、空港からどう行けばいいかを調べてそこから現地に赴く。そういう手筈《てはず》で行こう。交通費や滞在費の心配をしなくていいのは助かる。心に余裕が生まれる。

一人頷いて、写真を丁寧にしまい眼を閉じた。

☆

これで三度目になる北海道の空港。思えば前回の旅の事件はここから既に始まっていた。それもあり、今回もそれなりに気を配っていたのだが、何も怪しいものは感じられなかった。

私は「パルプ・フィクション」の主人公ではない。そうそう違う土地に行く度に事件に巻き込まれるということもないだろう。初めての日本に着いた高揚感でずっと笑顔のままのシモーヌとエヴァを案内して、まずは公衆電話のブースを探し、そこから電話を掛けることにした。

サンディがいるオ・ヴィラにある〈ゆーらっくの湯〉ではなく、厚田先生の小学校にだ。時刻は昼の十二時を回っていた。この時間は日本の学校でもお昼休みで、昼食を摂っていることはわかっている。

最初に電話に出たのが誰かは判らないが、女性の声だった。いきなり私の口調で話して警戒されても困るので、普通の日本語で会話をした。その気になれば私はそういう会話もできるのだ。

（はい、厚田ですが）

流れてきた久しぶりに聞くその声に、思わず頬が緩む。

「先生、ザンティピーだ」

（ザンティピーさん⁉）

声に驚きと喜びが混じってくれたのが判ってさらに笑顔になる。良かった。厚田先生は私の突然の電話を喜んでくれたようだ。

（今、どこからなんです？）

「驚いちゃあいけねぇぜ先生。なんと北海道の空港からだぜ」

また驚きの声が上がり、前もって言ってくれれば迎えに行ったのにと先生は言う。

「ありがてぇけどよ厚田先生。今回もまた仕事で来たんだ。それで先生よ、さっそくで申し訳ねぇけど、調べてほしいことがあるんだけどよ、時間はあるかい」

（なんですか？）

詳細は後で教えることにして、山あいの〈ゴシック温泉〉というところに関係する〈カタヒラ〉というおそらくは六十代の男性を捜しに来たと伝える。

「〈ゴシック温泉〉てぇのはあまりにも突拍子もねぇ名前だからよ。なんか聞き間違えか記憶違いだと思うんだ。どこか、心当たりの温泉はねぇかい」

ゴシック温泉ですか、と繰り返して、先生が受話器の向こうで考え込んでいるのが気配で判った。私の近くでエヴァとシモーヌが聞き耳を立て、シモーヌはメモを取ろうとペンを持ち待ち構えている。

(済みません、ちょっとだけ待ってください。十円玉は大丈夫ですか?)

「ばっちりよ」

先生は、私たちのようなアメリカ人が日本語を聞いて、単語を聞き間違ったりするような状況には慣れている。何か本のような紙のものを開く音が響き、さらに誰かと何か話すような気配が続いた。

(ザンティピーさん、お待たせしました)

「おう」

(それは、たぶん北海道阿武太郡というところにある、〈五四季《ごしき》温泉〉じゃないかと

思いますよ）

「〈ゴシキ温泉〉？」

（そうです。〈五四季温泉〉。五つの四季の温泉という意味ですね）

フォーシーズンが五つとは奇妙な名前だが、何かの当て字なんだろうと電話の向こうで厚田先生は言った。

（北海道の温泉地で間違いないんですよね？）

「それは間違えねぇな」

（だとしたら、たぶんそれです。〈五四季〉はローマ字で、つまり英文字で書くと〈G・O・S・H・I・K・I〉ですし〈ごしき〉という発音がアメリカの人には〈ゴシックク〉に聞こえたとしても不思議ではないと思いますけど、どうでしょう）

「なるほどね。そりゃあそうかもしれねぇな」

（〈五四季温泉〉は山の中の温泉という条件にもぴったり合っています。私も行ったことありますよ。そしてその名前の温泉宿は一軒しかないんですよ。こちらから電話して〈カタヒラ〉さんという人がいるかどうか、確認してみましょうか？）

「いや、それには及ばねぇよ。どうせ温泉を愉しみにしてきたんだ。何はともあれよ、そこまで行ってくるさ。人気でいきなり行っても泊まれねぇなんてことはないんだよな?」

(それは大丈夫でしょう。〈五四季温泉〉はどちらかといえば知る人ぞ知る温泉宿です。いつでも静かなところですよ。ところでザンティピーさん)

「なんだい」

電話の向こうで厚田先生が笑った。

(お願いしますから、今回はそこで〈骨〉を見つけないでくださいよ)

「おいらもそう願いたいもんだぜ」

二人で笑った。前の訪問では二回とも私は〈骨〉を見つけてしまった。そしてそこには必ず厚田先生もいたのだ。

仕事が片づいたら必ずそっちに寄ることを約束して電話を切った。もちろん、サンディにも後で電話することを伝えてもらうようにした。

遠方の友人と久しぶりに話すというのはいいものだ。私の頬はさっきからずっと緩みっ放しだった。

シモーヌがメモを見ながら私に言った。

『ゴシキ、オンセン？』

『そうだ。ゴシック、ではなく、ゴ・シ・キだ。我々には少し発音しづらいかもしれないな。そのせいでエヴァがゴシックと聞き間違ったか、あるいはお祖父さんが言い間違ったのだろう』

続いて、二人を促してインフォメーションカウンターに向かった。前回もここでいろいろ確認してもらったのだ。仕事なのは間違いないが、案内の女性は非常に懇切丁寧に教えてくれたのを覚えている。

「ちょいと済まねぇけどよ」

「はい、いらっしゃいませ」

「ゴシキ温泉というところまで行きたいんだけどよ。こっからならどういう交通手段がいいのか教えてほしいんだけどな」

受付嬢は、にこりと微笑む。日本人の女性の笑顔の良さはその控えめなところだ。決して大きく口を開けて笑うことはしない。慎み深さというものなのだろう。私の好きな古い日本の映画の中では、女性は皆笑うときに口元に手を当てている。

「五四季温泉ですと」

女性は何やらファイルをぺらぺらとめくり、しばし考える。

「鉄道とバスを乗り継いで行く、という形になります。生憎と直行できる観光バスやそういうものはありません。タクシーですと、かなり高額になりますね」

申し訳なさそうな顔をして、続けて言う。

「お車の運転ができるのであれば、レンタカーという手がありますが」

まぁそれがいちばんいいのだろう。こんなこともあろうかと既に国際免許は取得済みだ。

「ルートは特に難しくはねぇのかい」

今度は地図を拡げて、彼女は頷いた。

「近くまで高速道路があります。それを使っていただければ、さほど込み入った道路ではありません。むしろ、山へ向かう一本道になりますので、標識さえ読めれば迷うことはないと思います」

「生憎とねお嬢さん。おいらは日本語は達者なんだが字は読めねぇんだが」

大丈夫です、と、お嬢さんは微笑んだ。

「標識には英文字で読み方が書いてあります。こちらの地図に書き込んでおきますね」

前回もそうだったのだが、ここのインフォメーションセンターのお嬢さん方は実に親切丁寧で、美しいと思う。私に息子がいたのなら嫁に来てほしいと思うほどに。

☆

結果として高速道路を降りた後に、私たちはかなり迷った。迷ったが、外国人の三人連れがレンタカーで道を探しているというのも珍しかったのだろうし、日本人はどこの町でも親切だった。

道端に車を停めて地図を眺めていると、通りかかった車がわざわざ停まって、「どうかしましたか？」と声を掛けてくれる。そして懇切丁寧に教えてくれる。ある人などはわざわざ反対方向なのに車を走らせ先導してくれた程だ。

私は既に二度の滞在でその日本人の気質を理解していたので然程《さほど》ではなかったが、シモーヌとエヴァは心底驚いていた。

『サンディが日本人と結婚してこちらに住んでいるのも判るような気がするわ』

真面目な顔でシモーヌはそう言っていた。むろん、アメリカにだって親切な人はいる。しかし、日本人は総じてその質が違うような気がするのだ。

『こちらでいい人を捜してみるか』

ハンドルを握りながら、私は半分本気で言う。日本は平和な国だ。もちろん犯罪はあるのだろうが、ニューヨークのそれから比べたら遥かに少ない。たった一人の妹の身をいつも案じているアーノルドも、シモーヌが日本人と結婚して日本に暮らすとなれば安心できるだろう。

『生憎ね。私はニューヨークが好きなの』

シモーヌが軽く笑って言う。彼女が私に寄せる好意には気づいている。それが兄の親友に寄せる以上のものだということも。しかし、気づいていても気づかない振りをする。

アーノルドのためにも、探偵などという危険でなおかつ安定しない仕事の男と一緒にさせるわけにはいかない。しかし、シモーヌの毎日を見守らなければならない。このジレンマがいつまで続くのかという思いはいつも私の中にある。

『風景が、本当にアメリカとは違いますね』

エヴァが言う。

『植生が違うからだろうな』

木々や草花の種類が違う。土地が違うのだからそれはあたりまえだ。どこまでも続くような広くはない山道だ。日本ではこれを〈ニシャセン〉というのだが、私たちの感覚ではこれは〈イッシャセン〉だ。まぁそれも土地の広さの違いだろう。舗装はされているものの、少しばかり荒れた雰囲気もある。

ニューヨークだって都会ばかりではない。街を外れれば緑豊かなところもある。山の中を走ろうと思えば一時間ほど車を走らせればすぐだ。

『日本の風景は、優しい』

私が言うと、二人ともそう感じると頷いていた。木々の緑が、草花が、そして空気が優しいのだ。気候のせいもあるのだろう。

『シモーヌ、日本の〈ボンサイ〉を知っているか？』

『知識としてはね。写真ぐらいしか見たことないけれど』

『〈ボンサイ〉は芸術だ』

初めて見たときにこれは何かの冗談かと思ったのだが、見れば見るほどそこに込められた奥深さに感嘆した。

『自然をあのように繊細な芸術にまで高められるのは、こういう優しい環境があったからだと私は思うね』

同時に、日本人の感性の優しさに因《よ》るところも大きいのだろう。同胞を悪く言いたくはないが、アメリカ人の感性はどうにも大ざっぱなところがある。それが有効に働く場面ももちろんあるのだが。

『どうやら、この辺だな』

いつまでも続くかと思われた上り坂が少し緩やかになったところで、森が開けた。

『看板もあるわ』

日本語で書いてあるので判らないが、明らかにこの先に何かがありますよ、と示す木の看板だった。そしてすぐにそれが見えてきた。

『あれでしょうか？　日本の建物が見えます』

エヴァが嬉しそうに言う。道のすぐ脇に、建物が見えてきた。

嬉しそうに言った理由が判る。いかにもな日本式の建築なのだ。三階建てなのだろうか。いや三階に見えるのは大きな三角屋根のせいかもしれない。日本の建築様式をどのように表現するのか知識はあまりないのだが、瓦屋根《かわら》ではない。そういえば、確かミッキーが北海道には瓦屋根がほとんどないという話をしていた。その代わりに重厚そうな色合いの板のようなものが張ってあるのがわかる。

木造建築なのだろう。全部が木なのだ。太い黒々とした丸太のような柱といい、私なら頭を引っ込めなければぶつかりそうな背の低いガラスが羽目込まれた入口の戸といい、二階三階の窓のところに木製の手摺りが並ぶ様子といい、何もかもが〈日本〉だった。

車を停めて、下りる。空気が美味《うま》い。鳥のさえずりと、川のせせらぎの音、何かの虫の声。そして、微かに流れる温泉地独特の匂い。

あぁ、温泉にやってきたのだ、と思う。

しかし、観光ではない。仕事にやってきたのだ。気持ちをシフトさせる。

車は、ボディに何か日本語が書いてある乗用車が一台と、その他に何も書いていない乗用車が五台。何か書いてあるのはおそらくここの車だろう。あれは温泉の名前が書かれているのではないか。その他の車が客の車だとすると、今現在最低でも五人の宿泊客がいるということだ。近くの鉄道の駅からバスで四十分以上は掛かると聞いていたので、車以外でやってくる客はそうはいないだろう。

周囲に、建物はない。来る途中に点在する民家のようなものはあるにはあったが、とても町と呼べるようなものではなかった。本当に、山の中腹辺りに存在する一軒きりの温泉宿なのだ。

『さて、では行こうか』


いかにも古めかしい引き戸を開け、頭を屈《かが》めて中に入ると、旅館にしては小さな玄関だった。小石が埋め込まれた玄関の床は日本の古い建物には多い玄関のスタイルだ。

しかし、入った瞬間に私たち三人は思わず息を呑《の》んでしまった。

素晴らしいのだ。辺りが琥珀《こはく》色と飴《あめ》色に輝いているようだった。それは木造建築を長い年月の間に磨き上げないと出て来ない色合いと風合いだった。

『Fantastic!』

シモーヌとエヴァがそう呟《つぶや》いたのも無理はない。日本の映画を数多く観てきた私も、こんなに素晴らしいものはそうそう観ていない。

正面には二階に上る大きめの階段と奥に長く続く廊下。どちらも琥珀色に、あるいは輝くような黒ずんだ木で出来ている。廊下などまるでどこまでも滑っていきそうなぐらい、天井から吊り下げられたおそらくはガラス製のシェードの照明に照らされて鈍く光っている。いや、その照明のシェードも見事ではないか。まるであのラリックが全部造ったような造形美のシェードが黒い鎖で天井から吊り下がっている。

「見上げたもんだよ屋根屋のふんどし大したもんだよ蛙《かえる》のしょんべんってねぇ」

『なんですか?』

『いや、日本語の感嘆の言葉だ』

左手にカウンターのような別室の窓がある。これも古い旅館にはありがちなスタイルだがその造作も素晴らしい。壁板に草花を彫り込んだような飾りは芸術作品と言ってもいいのではないか。

私たちがこの室内の造作に見蕩《みと》れて声を掛けるのを忘れている内に、そのカウンターの横にあった戸口の暖簾《のれん》の奥から割烹着《かっぽうぎ》姿の女性が出てきた。

一瞬だが、軽い驚きの表情を見せた。外国人が三人連れでやってくることなどないのであろう。すぐさま笑顔になり、床に正座した。

「いらっしゃいませ」

軽く頭を下げた後に、英語が聞こえてきた。

『Can you speak Japanese？』

驚くことではない。多くの日本人は英会話ができないと言うが、実はごく簡単な意思疎通のための会話ならできる。単に英語を聞きなれていないために、我々の発音を聞き取れないだけなのだ。ゆっくりと、単語ごとに発音してあげればほぼ意思は通じる。

「いや、気遣い無用ってもんですよ女将さん。おいらは日本語はぺらぺらなんでね」

「あら」

今度は嬉しそうに微笑む。年の頃なら三十代だろうか。女将さんと呼んでしまったが、年齢的には若女将かもしれない。

「そうでしたか。お泊まりですか？　お風呂だけでしょうか」

「部屋があれば泊まりでお願いしてぇな。出来れば隣り同士の部屋が空いていればなお結構ってもんなんだけどな」

可笑《おか》しそうに、しかしそっと口に手を添えて若女将が頷く。私の日本語につい笑ってしまうんだろう。これは皆がそうなのだ。私もその反応が嬉しいのだ。誰もが私の日本語を聞くと笑ってそして喜んでくれる。

「ございます。それではこちらにお名前と住所をいただけますか」

カウンターのところにノートのようなものがあってそれを示した。いわゆる〈ヤドチョウ〉というものだろう。

「生憎と日本語は書けねぇんだが、英語でいいかい」

「もちろん構いませんよ」

サインではなく、きちんとスペルが判るように書く。書きながら、これはザンティピー・リーブズと読むんだと教えてあげる。これもいつものことだ。ジョンとかトムとかいう名前なら日本人でも簡単に読めるのだが、さすがに私の名前をすらすらと読める日本人は少ない。

「リーブズ様ですね」

「ザンティピーでいいぜ。呼びづらかったらザンテでも。よくそう呼ばれるんだ。ザンテさんってな」

「かしこまりました」

若女将は微笑む。それからシモーヌとエヴァの名前も書き込む。

「二階の部屋が空いておりますのでご案内します。お荷物お持ちしましょうか」

「いやいや、大丈夫だぜ」

男性ならまだしも女性に荷物を持たすのは気が引ける。階段を上りながら若女将が言った。

「ザンティピー様、申し訳ありませんが廊下を歩くときには天井から吊り下がっている照明にご注意ください」

「おう、実はそう思っていたところよ」

エヴァとシモーヌもくすりと笑った。私の身長は六・二フィートある。日本で言えば一九〇センチほどだ。一七〇もない三人ならばまったく問題ないが、この太い鎖で吊り下がった見事な和風のペンダントは確実に私の頭にぶつかる。

「それにしても女将さんよ。この旅館は実に見事な造りのように思えるんだけどよ」

「ありがとうございます。実は大正時代に建てられたものでして、木造ですが釘をほとんど使っていないんですよ」

釘を使っていない。

「ってことは？　どういうことなんだい？」

階段を上り切ってそのまま真っ直ぐ歩く。いや、真っ直ぐ歩くと私は天井からのペンダントに頭をぶつけるので廊下の脇に寄った。ひとつ、二つと、ペンダントは続いて並んでいる。

「当時の宮大工の工法で、軸組《じくぐみ》工法というものだそうです。木と木を組み合わせるだけで建てて行くのだそうです。この温泉を見つけた私の祖父が元々は大工だったのですよ」

「なるほどね」

シモーヌとエヴァは多少日本語が判るとは言えそれは日常会話程度、今のはまったく判らなかっただろう。後で説明してやることにしよう。

廊下には何故か途中に引き戸がある。部屋かと思って開けるとそこはまた廊下なのだ。

「こうやって廊下の途中に戸袋があるのも、建物の強度を増すための工夫なんだとか。ここら辺りでは冬場には相当雪が積もります。屋根も三角屋根で雪が滑り落ちるようにはしていますが、それでも積もるときには積もりますから」

「上からの重量に耐えるように、壁代わりに廊下に扉があるってぇことだね？」

「そういうことでしょうね。何かのときには外すこともできるようになっています」

日本建築の素晴らしさをこんなところで目《ま》の当たりにするとは思わなかった。今回の依頼をしてくれたエヴァに感謝しなければならない。

「こちらのお部屋でございます」

ペンダントを三つ躱《かわ》して廊下の扉を一つ開けたところの、右側の部屋の前で若女将は立ち止まった。

「こちらのお部屋が多少広いので、シモーヌ様とエヴァ様お二人でどうぞ。隣りに、ザンティピー様がどうぞ」

『こんなところにドアがあるの？』

若女将の声とシモーヌの少し驚いた声が重なった。確かに廊下の突き当たりに同じような扉があるが、その向こうはどう見ても外だ。しかもここは二階だ。覗き込んだが階段もないので非常口というわけでもない。若女将はにっこり微笑んだ。

「そこは、雪戸なんですよ」

「ユキド？」

それは聞いたことのない言葉だった。

「山の中ですから冬場はそれは雪がたくさん積もります。最近でこそ少なくなりましたが昔は雪が積もって一階を覆い尽くすこともあったのですよ。そんなときに、そこから出入りして積もった雪を掘ったりするための戸なのです」

言いながら女将さんがするすると戸を開けてくれた。そこには屋根も階段もない。確かにそのまま外だった。成程、と頷いた。シモーヌとエヴァにも説明してやると納得していた。ニューヨークにも雪が降るが、ここ北海道は北国だ。積雪の量はかなりのものだと聞いている。

「雪国ならではの工夫ってやつだね」

「その通りですね。でも私がここに来てからは使ったことはないんですけれど」

言いながら若女将は戻って、廊下の扉と同じような造りの扉を開ける。小さな上がり口があり、そこにある襖《ふすま》を開けるとそこが部屋だ。

「今、お茶をお淹《い》れしますね。ザンティピー様のお部屋にも後で伺います」

「あぁいや。それには及ばないってもんで。おいらもこの部屋で一緒にお茶をもらうぜ。ちょいと女将さんに聞きたいことがあるんだよ」

返事を待たずに部屋に上がる。いい部屋だ。確か、このサイズは日本で言うところの十畳間だ。いや、十二畳はあるのか。その他にも床の間があり、掛け軸が掛かっている。天井にある梁《はり》はまるで丸太一本分の太さはあるようにも思う。欄間《らんま》といい明かり取りの円窓といい、細かい彫刻のような細工があちこちにある。

『見事だ』

思わず英語で呟いてしまった。縁側のような部分がありそこには外から見えたのと同じ木製の柵がある。隣りの部屋に通じる襖を開けるとそこも同じような広さの部屋だった。こっちに布団を敷くのだろう。

シモーヌもエヴァも私も部屋の造作や窓から見える山の景色に見蕩れている内に、女将がお茶を淹れてくれた。

「こちらはお茶菓子です。名物なんてものはありませんので、近くの町のお菓子屋さんのものですけど」

「饅頭《まんじゆう》かい」

私は酒も好きだが、日本の甘い物も好きだ。饅頭をいただく前に、私は胸の内ポケットからあの写真を入れたケースを出した。

「女将さんよ」

「はい、なんでしょう」

「実はおいらたちはよ、観光より目的があってここに来たんだ」

女将さんは微笑みながらも首を傾げた。

「目的ですか？」

「この写真を見てほしいんだけどよ」

ケースを開いて座卓の上に置く。女将さんが、拝見します、と言いながら覗き込んだ。

「これは」

ほんの少し顔を顰める。

「見覚えがあるかい？」

観察は怠らない。女将さんと言えば客商売のプロだ。どんな状況であってもお客に不快感を与えてはならない。それは日本独特の感覚かもしれない。顔は顰めたがそれはほんの一瞬で、女将さんはすぐに表情を緩めた。

「ひょっとして、ここで撮った写真でしょうか」

「判るかい？」

はい、と、頷く。

「この山は、名上山ですね。その窓からも見えると思いますけど。そしてこの建物は、ちょっと角度的に判りづらいですけどうちの旅館でしょう」

「この男性に見覚えはねぇかな。何せ古い写真だから、女将さんの年齢を考えるとこの時代には会っていねぇとは思うがな」

「戦時中ですか？」

訊きながら私を見て、首を傾げた。

「たぶん、あの戦争に召集されたときに撮ったものだと思うんだがな」

女将さんはさらに申し訳なさそうな顔をして首を捻《ひね》った。

「さすがにちょっと判らないですね」

「この男性の名前はよ」

「はい」

「〈カタヒラ〉ってぇ名前らしいんだがよ。心当たりはねぇかなぁ」

今度は、驚いたように眼を丸くした。

「カタヒラですか？」

「そうよ」

眼をパチパチさせて、写真を改めて凝視した。

「片方の片、に、平らですか？」

「あぁ済まねぇ。おいらは日本語が書けねぇからそれを聞かれても判らないんだよな。ただ〈カタヒラ〉さんってことだけなんだ」

「もし、その〈片平〉ならば、私共ですが」

「なんだって？」

私の顔を見つめる。

「私は、片平由紀《ゆき》と申します。ここ〈五四季温泉〉は私共が経営しておりますが」

エヴァとシモーヌと顔を見合わせた。

「こいつぁ」

さっそく依頼を片付けて、後は温泉でのんびりできそうだ。

『お父さんかもしれないって、言ってたわね』

3

『そうだな』

でも、と、エヴァが首を傾げた。

『いくら古い写真でも、自分のお父さんが判らないのでしょうか』

『あぁ、それは』

違うのだ。不思議だと首を傾げるエヴァに説明する。

『たぶんなのだが、日本語では実の父も義理の父も〈おとうさん〉と呼ぶんだ』

詳細を訊くのは後からにしたが、ユキさんはここの、〈片平家〉にやってきたお嫁さんなのだ。よそからやってきた人なのだ。そしてあの写真が義理の父、つまり旦那さんの父親ならば若い頃の写真を見てわからなくても無理はない。

『長い年月にまったく人相が変わってしまうというのは、不思議ではないからな』

確かにそうですね、とエヴァが頷く。

『私の父も、若い頃は痩せていたのに今ではとんでもないです。二六四ポンドもあるんですよ。面影すらありません』

三人で笑った。二六四ポンドは日本のキロに直せば、約一二〇キロだ。かなりの巨漢になってしまったのか。

そういうものだ。それが実の父親ならばどんなに変わっても何となくは判るだろうが、義理の父ならどうしようもない。

ましてや、写真はおそらく一九四五年ぐらい、日本でいうのなら昭和二十年より少し前のものだろう。

あの戦争で敗戦して我が祖国アメリカに占領され、日本は大きく変わっていった。豊かな国に変貌していった。そう言っては悪いが貧相な若者がこのような立派な旅館の跡を継ぎ、福々とした人物に変わっていったのなら、嫁は判断できそうもない。

その由紀さんの義父である〈カタヒラトシヒコ〉さんは、今は息子でありユキさんの旦那であるここの三代目〈カタヒラシュウイチ〉さんと一緒に町に用事で出かけているという。もう間もなく帰ってくるので、すぐにこちらに顔を出させるとユキさんは約束してくれた。

この写真が米兵との、エヴァの祖父との友情の証しだと説明すると、若女将であるユキさんはかなり驚いていた。戦争の話などは聞いたことがないそうだ。むろん、アメリカの兵隊さんと交流があったなどとは初めて知ったと。

『そういうものなのかしらね』

シモーヌが言う。

『私は小さい頃、祖父によく戦争の話は聞かされたけれど』

『そうだな』

それは、国民性の違いはもちろんあるだろうし、何よりも日本は敗戦国なのだ。

『負けた戦いの話など、誰もしたくはないのだろう』

前に厚田先生にもいろいろ聞いたことがある。子供たちが育ち大人になっている。もちろん戦争に関する記念日や行事などのそういうものは今も残っているが、基本的に無関心の人たちも多いと。

『それがいいことか悪いことかは、何とも言えないだろうな』

三人で頷き合った。全ては、歴史が物語っていくのだ。

私は既に自分の部屋に一度入り、荷物を片付け用意された浴衣《ゆかた》に着替えていた。この旅館の部屋に用意された浴衣は背の高い私が着ると足がやたら出てしまう。以前もそれで笑われたのだがしょうがない。今度は自分で特注の浴衣を誂《あつら》えてもいいのかもしれない。

シモーヌとエヴァは化粧を落とし、楽な普段着に着替えていた。浴衣も着たいが、それは温泉に入るときにするそうだ。

『どうして日本人は普段から自分たちの民族衣装を着ないのかしらね。こんなにステキなのに』

シモーヌが私の浴衣の袖を引っ張った。東京の空港に着いたときからシモーヌはそう言っていた。何故日本人は〈キモノ〉を着ていないのかと。まさか日本人は全員着物を着ていると思っていたのかと訊いたら『そんなことはないけど』と誤魔化していたがそのようだった。まぁ大概のアメリカ人の日本人に対するイメージはそんなものかもしれない。

今でも着物を着ている人はもちろんいる。しかしほとんどの日本人は私たちと同じ洋服を着て過ごす。

それは、日本人の合理性の為す業だろう。着物は確かに美しいが、全てが西洋風になってしまった普段の生活を考えるのならば洋服の方が活動しやすいのはどんな人種にだって理解できる。便利さと美しさは必ずしも一致しないが、良いものは柔軟に何でも取り入れるのが日本人なのだろう。そうでなければ、我々に占領されてからわずか三十何年で、世界のトップクラスの経済大国に上り詰められるはずがない。

『あ』

窓際の板の間にある椅子に座っていたエヴァが声を上げた。

『車が戻ってきました。あれに旦那さんが乗っているのじゃないかしら』

立ち上がって見ると、確かにワゴン車が一台入ってきて旅館の裏手に回っていった。裏口に従業員用の駐車場があるのだろう。

『じきに来るだろうな』

私は窓から外を見つめた。

夕方になろうとしている。山の夕暮れは早いというが、まだ外には充分に陽の光が残っている。ほんの微かに流れ込む空気に柔らかさが混じったような気がする。夕暮れにはこの緑豊かな山並みがどのような色合いに変わっていくのか。そして、谷に面しているから山がきれいに見えるという自慢の露天風呂はどういうものなのか。早くも仕事が終わりそうだという予感に、ただ楽しみだけが募っていた。

☆

廊下に人の気配があり、失礼いたしますという声が響いた。

「どうぞ！」

襖が開くと、そこにスラックスに白いシャツ姿。そしてその上に紺色の半纏《はんてん》を着込んでお辞儀する男性の姿があった。そしてその脇には着物を着た女性。

「ザンティピー様、失礼いたします」

顔が上がる。短く刈った髪の毛は黒々としている。色は日焼けして健康そうだ。黒縁の眼鏡を掛けていてその奥の瞳は誠実そうな色合いを見せている、と、思えた。

「主の、片平稔彦《としひこ》でございます」

「女将の章子《あきこ》でございます」

もう一度二人で頭を下げる。この日本式の挨拶に慣れないエヴァとシモーヌはとにかく同じようにした方がいいのだろうと、慌てて正座の真似事をして頭を下げている。

まぁ客なのでそんなふうにはしなくてもよいのだが、これも異国の旅のいい体験だろうと放っておいた。

それよりも。

カタヒラトシヒコさんだ。

ご主人だ。

おそらくはこの人が写真に写っていた若い兵隊さんなのだろう。さすがに座っていては背格好はわからない。しかし確実に太ってはいる。さっきのエヴァの話のようにではなく、歳を取って全体に肉が付いたという程度の変わりようかもしれないが太っているのは間違いない。

失礼にならないように顔を見つめた。

だが、判らない。

写真と同一人物だとは判断できない。

写真の若者と比べると、トシヒコさんは顔にも肉がついて、全体的にふっくらとしている。頬の肉もたるんできているようだ。

元々、我々アメリカ人には日本人の顔の微妙な違いが判断しづらい部分がある。慣れていないのだからそれはしょうがない。

何よりも、カタヒラトシヒコさんの顔には大きな傷があった。顔の右半分に大怪我をした跡のようなものがあるのだ。それは決してつい眼を背けたくなるような悲惨なものではなく、あぁきっと大昔に怪我をしたのだな、跡が残っているんだなと軽く思うようなものなのだが。

女将さんのアキコさんは、小柄な人だ。身体だけではなく、眼も鼻も口も小振りな印象がある。白髪が目立つが染めもせずに形良く整えそれがまたいい味を出している。旦那さんと同じようにその表情からは商売人のそれではなく、誠実そうな人柄が窺《うかが》えるような気がする。

二人が顔を上げて微笑み、少し身体の力を抜いた。

「この度は遠路はるばるアメリカから、ようこそ〈五四季温泉旅館〉へお出でくださいました。ご滞在の間、精一杯のサービスを努めさせていただきます」

「いやご丁寧な挨拶痛み入りますぜ。そうはいってもねご主人。こちとらそんな上等な客じゃねぇんでね。そんなにしゃちほこばらないでさ、もっとざっくばらんにやってもらって構わないってもんで」

笑ってみせる。若女将のユキさんから聞いていたのだろう。私の日本語に二人とも
まさに破顔一笑した。
「いや、本当に達者な日本語でございますね」
「ありがとよ。ささ、そんなところで控えてもらっていても困るんでね。ずずいっと
中へ」
失礼します、と、二人とも腰を低くしたまま座卓のところまでやってきてくれた。
「それで、うちの若女将の由紀から聞きましたが、何でも戦時中の兵隊の写真が、私
ではないかということなんですが」
「おう。善は急げってもんだけど、一応おいらは仕事を依頼された身なんでね。最初
から説明させてもらいますぜ」
自分はニューヨークのマンハッタンで私立探偵をやっていること。
そうして今回はエヴァから人捜しの依頼を受けて、この旅館にやってきたこと。依
頼人のエヴァは祖父のジョン・デニスンからその写真を譲り受けていたこと。
「こちらが、依頼人のエヴァ・デニスン嬢」
「よろしく、おねがい、します」

彼女のたどたどしい日本語に、稔彦さんも章子さんもにっこりと微笑んだ。

「皆さん、日本語がお上手なのですね」

章子さんが言う。実に涼やかな声だ。女将にしては少々貫禄のない小さな声だが、もう六十を超えているだろうからそれはしょうがないところか。

「いや、達者なのは口だけでね。読むのはからっきしなんですよ。もう一人、こちらのシモーヌ嬢はおいらのアシスタントなんですがね。二人は挨拶ぐらいしか日本語はできねぇんで、何かややこしいことがあればおいらを通じて言ってくださいな」

そうですか、と二人が頷く。

「それで、ご主人。こいつがその写真なんだけどよ」

私は閉じたままにしていた、写真のケースを開いた。

「このエヴァが知っていたのは、写真に写っているのは〈カタヒラ〉さんってことだけなんだ。これは、間違いなくあんたかい？」

トシヒコさんが、写真を覗き込んだ。女将さんのアキコさんもその脇から同じように覗き込む。

二人の眼が、大きく開かれた。驚きの表情になる。それから一瞬二人で顔を見合わせた。

そこに、何かの感情が確かに現れたが、それが何なのかは判らなかった。

「いや、驚きました」

トシヒコさんが言う。

私を見る。

「これは、確かに私です。若い頃の、出征前にここで撮った写真です」

その脇でアキコさんも頷いた。

「間違いありません」

そう小さな声で、しかしはっきりと言った。

「まさか、お孫さんにお会いできるとは」

トシヒコさんが微笑んでエヴァを見た。私がその言葉を通訳してやると、エヴァも微笑んだ。

「するってぇと、間違いなくエヴァのお祖父さんとあんたは会っていたんだね？　そうしてこの写真を渡したんだ」

「はい」

ゆっくりと、トシヒコさんが頷いた。それから写真のケースを手に取り、懐かしそうに微笑んだ。それはまさに、あの頃のことを思い出そうとする老人の顔だ。ひとつ、大きな溜息をついた。

「もう随分昔のことになりますが、はっきりと覚えています」

語るように話し出す。私は小声でエヴァに通訳してあげる。

「南方の島でのことです。私は、捕虜になりました。それを、恥だと思っていたのです。その辺りの思いは、外国の方に判りますでしょうかね？」

「気持ちは判りますよ。きちんと伝えるんで心配いらねぇよ」

頷いて、トシヒコさんは続けた。

「生き恥を晒《さら》してまで生きていていいものかと思っていたのです。そのときに、あなたのお祖父さん、ジョンさんが通訳として私たちに接してくれたのです。あの人は、日本語が喋れたのですよ。正式な通訳ではなく、戦争が始まる前には日系人の友人がいて、日常会話程度なら喋れるんだと言っていました」

私も話を聞きながら、エヴァとシモーヌに通訳をしながら、トシヒコさんと同じように思いを馳せる。

遠い遠い時代の悲劇に。

「お祖父さんは、ジョンさんは優しい方でした。決して良くはない待遇だった私たちに精一杯のことをしてくれたのです。ある日、訊いてみたのですよ。どうして貴方はそんなに私たちのことを気にしてくれるのだと」

「なんて言ったんだい」

悲しそうな顔をして、稔彦さんは頷いた。

「その日系人の友人とは、親友だったそうです。戦争が始まる前までは本当に仲良く、幼い日々を楽しく過ごしていたそうです。ところが」

言葉を切って、私を見た。

「ザンティピーさんもそのような話はお聞きになったことがありますか」

「あるね」

理解できる。それまで友人だった人間が突然敵国の人間になってしまったのだ。当人同士が何とも思っていなかったとしても、周りがそれを許さない。あの当時に行われた日系人への無慈悲な行為や思いは、戦争を知らない私たちにも知識としてはある。

トシヒコさんは、優しい笑顔で頷いた。

「ジョンさんは、図らずもその日系人の友人に汚い言葉を吐いてしまったそうです。二度と会わないと喧嘩してしまったそうです。彼には何の罪もないことが判っていながら、周りに流されてしまったことをひどく後悔していました。もし、この戦争が終わったのなら、再び日本とアメリカが友人としてやっていける日が来たのなら彼に謝りたいと。ただ」

「ただ？」

「その日系人の彼も、アメリカ人として戦争に行って死んでしまった可能性も高い、と、涙をこぼしていました。だから、せめて」

「同じ日本人であるあんたたちに親切にしたい、って話をしたのかい」

「そうなのです」

話しながら、トシヒコさんの瞳も潤んでいた。

戦争という極限状況の中、捕虜とはいえ敵国兵士に優しくすることがどんなに困難だったかは想像がつく。そしてそれがどんなにありがたかったか、トシヒコさんの心中もよく判る。

『お祖父様とカタヒラさんは、そこで友情を育んだのですね』

エヴァが言う。私が通訳すると、トシヒコさんは大きく頷いた。

「この写真はですね、エヴァさん」

手に取り、さらに懐かしそうに微笑む。

「戦場で、どんなときでも肌身離さず身に付けていたのです。これがあれば生きて帰れるような気がしていたのです。お守りみたいなものだったですよ。生きて帰れると決まったときに、あなたのお祖父さんに、友情の証しとして託したのです。いつか、いつかアメリカと日本が対等の立場で会えるようになったときに、もう一度会おうと。ついにそれは叶わなかったのは残念ですが、こうして、写真とともにあなたがやってきてくれた。ありがとうございます」

通訳してやると、エヴァも嬉しそうに微笑んだ。それを見て、深々と、トシヒコさんがお辞儀をする。

そこで、入口から声が響いた。

「失礼します」

「あいよ、開いてるぜ」

襖だから鍵などないのはあたりまえだがそう言うと、トシヒコさんと同じような紺色の半纏を着た若い男性と、さっきの若女将のユキさん。そうしてその隣りには、濃紺の和服を着た老婦人と、もう一人の男性が控えていた。

ただし、その男性の様子は他の三人とは違っていた。トシヒコさんが、微かに慌てたような気がしたのは気のせいか。

「ザンティピーさん、息子の修一でございます。それと、義母のトネでございます」

「修一です。新しいお茶をお持ちしました。それと、ご迷惑かとも思いましたが、遠方より当館の主へのお客様ということで一言ご挨拶に伺いました」

「そりゃどうも」

「祖母のトネも、おそらく知った写真ではないかということで、ぜひ拝見したいということなのですが、よろしいでしょうか」

「もちのろんよ。さぁ入っておくれよ」

「ありがとうございます。失礼いたします」

シュウイチさんとユキさんは、トネさんの手を取り中に進む。どうやらトネさんは眼が悪いのか、視線があっちの方を向いている。ひとつ気になったことがあったのだがそれは後で確認すればいい。

そして、もう一人の男性は、いわゆる立ち膝の状態のまま待っていた。顔は確かに笑顔を作ってはいるが、決して客商売の笑顔ではない。

私はあの手の笑顔をよく知っている。それもニューヨークで。

洋の東西を問わずに、きっとその手の笑顔は同じなのだろう。所謂、ふてぶてしい悪党の笑みだ。

「ザンティピー様」

女将さんが申し訳なさそうに言った。

「あれは、私の弟の喜一でございますが」

「弟さん」

見ると、そのキイチという弟は私を見て頷いた。

「済みませんね突然。いやね、何でも稔彦さんのところにアメリカから客が来て、珍しい写真を持ってきてるって聞いてね。つい好奇心で来たんだけど、俺もお邪魔していいかね？」

黒のスラックスに白いシャツ、黄土色のカーディガン。全体的にそれらはくたびれている。とてもこの旅館で仕事をしている格好ではない。

「構わないぜ。どうぞどうぞ」

まるで手で何かを切るような仕草をしながら、キイチという男は部屋に入ってくる。

私はあの仕草も日本の映画でよく見ている。

「どれ、こいつが義兄《にい》さんの昔の写真かい」

どさっと座り、乱暴にトシヒコさんの手から写真を取り眺める。にやけながら写真とトシヒコさんを見比べる。

「随分老けちまったね義兄さん」

「それは喜一くんも同じことだろう」

「違いないな。それに怪我で随分人相も変わっちまった。それにしても懐かしい写真だ。久しぶりに見たぜこんな軍服姿」

言いながら写真のすぐ近くで煙草に火を点ける。基本的に私は温厚で気の長い方だが、こういう無遠慮な輩《やから》には文字通り遠慮はしないつもりだ。

だが、ここは日本だ。エヴァとシモーヌはこれから過ごす温泉での日々を楽しみにしているし、私もそうだ。

にこやかに微笑みながら、キイチさんの手首を摑み、そっと写真を取り返した。

「済みませんね。何せ古いものなんで大事に扱わねぇとね。それに」

私はカバーを閉じ、トシヒコさんに渡した。

「トシヒコさんにきっちりお返ししねぇとおいらの仕事は終わらないんでね。そこだけ片付けさせてもらいますぜ。カタヒラトシヒコさん」

「はい」

「こいつは、確かにお返ししましたよ」

トシヒコさんはひとつ頷き、写真をうやうやしく顔の位置まで上げてから頭を下げた。

「確かに、頂戴いたしました。エヴァさん、あらためて、本当にありがとうございます」

「お母さんに見せないでいいのかい」

ちょこんと座り、笑みを浮かべているトネさん。

「はい、実は眼を患いまして、今ではほとんど見えないのですが」

「じゃあ、見られないのかい」

「いいえぇ」

トネさんが私の方に顔を向け、微笑んだ。

「明るいか暗いかはもちろんですしね、そこに何かがあるのはわかります。今も、ザンティピーさんがねぇ、細かいところまではわかりませんが、浴衣を着てそこにいらっしゃって喋っているのはわかりますんで。写真も眼の前まで近づければ、どんな様子なのかぐらいはわかりますのでねぇ。よろしいでしょうか」

トシヒコさんが頷き、そっと写真カバーを開き、トネさんの顔の前まで持っていった。トネさんがそれを受け取り、眼を細め文字通りくっつくようにして見ている。

あぁ、と、声が漏れた。

「これはねぇ、確かにねぇ、稔彦さんが出征する前の日に撮ったものだねぇ。覚えてますよぉ」

写真をそっと顔から離し、微笑んで私の方を見た。

「死んだ私の連れ合いが持っていたカメラで撮ったんです。昭一郎と言いましてねぇ。この温泉の主だったんですよ」

「そうでしたかい」

ありがたいありがたい、と、トネさんは呟き、そっと写真のカバーを閉じた。それを誰かに渡すように持ち上げるとすかさずトシヒコさんがそれを受け取った。

「写真をお持ちいただいた、エヴァさんはどちらに」

トネさんが言う。エヴァが名前を呼ばれたのがわかったのだろう。『ここにいます』と答えた。トネさんはエヴァの方を見て、にっこりと微笑み、深々と頭を下げた。

「ありがたいことです。ありがとうございました。感謝します。本当にありがとうございます」

4

露天風呂は最高だった。いや何よりもここの風呂は本当に素晴らしい。ひなびたという美しい日本語があるがまさにそれだ。

わびさびの世界だ。

わざわざ来てくださったお礼にと、三代目であるシュウイチくんが入る前に館内を、そして風呂場を案内してくれたのだが、一目見て私たち三人は感嘆の声を上げてしまった。全部が木でできているのだ。シュウイチくんの話によると、大正時代に造ったままの姿だという。檜《ひのき》でできた湯船は大きく、二十人ぐらいは楽に入れるだろう。その檜も陽の光のある内に見るとまるで濃い紅茶の色のようになり、肌触りはあくまでも柔らかい。木とは思えない。まるでビロードのような肌触りになっているのだ。

そしてそこから潜《くぐ》り戸のようになっているところを出たところに露天風呂はある。

これが、絶景だった。同じように檜で造られているのだが周りは岩だ。そして眼の前は谷になっているのだ。その向こうに山並みが見える。天井はむろんない。夜中に入れば一面の星が降るように見える。

素晴らしい。

昨年訪れたジョーザンキーの温泉も素晴らしかったが、こちらは野趣溢れるといった趣か。

夕闇が訪れる頃に私は存分にそれを堪能した。他に何人かの泊まり客がいて、外国人である私に気さくに話し掛けてきてくれたのであれこれと世間話をしてきた。皆が、私の日本語に「寅さんだね」と言って喜んでくれた。私は全てのアメリカ人に言いたい。日本語は〈男はつらいよ〉を観て寅さんの口調を学べと。そうすればあなたは日本のどこに行ってもどこに住んでもすぐに受け入れられるだろう。

エヴァとシモーヌも浴衣に着替えて、この素晴らしい風呂を堪能しているはずだ。きちんと事前に予習はしてきたが、日本式のお風呂に入るのは初めての彼女たちだ。とにかくその素晴らしさに感動していることだろう。

夜の温泉は食事の後に堪能することにして、私は一人自分の部屋で煙草を燻《くゆ》らせていた。涼しい夜風が窓から入り込み、火照《ほて》った身体を優しく包んでくれる。お礼にと若女将のユキさんが差し入れてくれた日本の缶ビールはこれもまた美味かった。

二本三本と進めたいところだったが、職業意識がそれを押しとどめていた。

『いや、違うな』

母国語で呟き、私は煙草の煙を窓に向かって流す。夜の闇が名残りの夕闇を包み込もうとしている山の稜線を眺める。

職業意識ではない。

ここでの私の仕事は、もう終わったのだ。

エヴァが依頼してきたのは、祖父であるジョン・デニスンが遺した写真を持ち主の手に、もしくは亡くなってしまっていたのなら家族に返すこと。

それは、達成されたのだ。

写真に写っていたのは、カタヒラトシヒコさん。この〈五四季温泉旅館〉の二代目だった。ご本人はあの戦争を生き抜き日本に戻りここを継いでいた。本人も確認したし、奥さんも、そしてお母さんも確認した。

間違いないのだ。これで仕事は終わったのだ。後は好きなだけここに滞在して温泉を愉しみ、帰りにオ・ヴィラの〈ゆーらっくの湯〉に寄ってサンディと会い、日本の友人たちと良き時間を過ごして我が街であるニューヨーク・マンハッタンに帰ればいい。

それだけのことなのだ。

だが。

何かが引っ掛かっている。

『ザンティピー、入るわよ』

『あぁ』

襖の向こうから声がして、シモーヌとエヴァが入ってきた。二人とも上気した顔をしている。浴衣姿もよく似合っている。

『気持ち良かったわー』

『本当に』

口々に言い、そうして顔には心底満足した笑みが浮かんでいた。

『そうだろうとも』

最初に体験した温泉がこの〈五四季温泉〉とは、彼女たちは何という幸せ者なのか。

ここほど昔ながらの湯船がそのまま残っているのは、日本広しといえどもそうはないだろう。

『あの赤褐色のお湯！　本当に肌がつるつるになるのよ？』

シモーヌが右腕を出して嬉しそうに私に見せる。まぁ私たち男は肌がどうこうは言わないが、日本の温泉が女性たちに好かれるのはそういう効能があるからだそうだ。

『まさに天然のスキンケアだな。ところで何か水分を取った方がいい。温泉から上がったらまずは喉を潤さないとならないんだ』

『そうよね』

『冷蔵庫にビールはあるが、君らは食事前には飲まないんだったな』

二人が同時に頷いた。何でも最近の流行《はや》りで、アルコールを摂取するのは必ず食事を摂ってからにするそうだ。

『美味しそうなジュースも入っている。好きなものを飲むといい』

頷いて冷蔵庫を開けたシモーヌは、エヴァにコーラを渡して自分も取ると、少し首を傾げた。

『何か考え事があるの？　ザンティピー』

『何故だ』

『だって』

コーラを飲みながらその缶を持った手の小指で私の方を示した。

『ビールが一缶しか空いていない。そのサイズなら軽く三缶四缶飲まないと何も始まらないあなたが』

さすが私のアシスタントだ。そして同時に長年の友人だ。

『まぁもう一度温泉に入りたいのでね、アルコールを摂り過ぎて風呂に入るのは良くないので自粛しているのもあるのだが』

『が？』

もう間もなく食事の時間だ。ここでの食事は部屋に運ばれるのではなく、一階の食堂で摂るのが決まりなのだそうだ。その前に二人にも考えてもらった方がいいか。

『シモーヌ、エヴァ』

『なぁに』

『君たちは、あの写真に写っていた若き兵隊が、〈カタヒラトシヒコ〉さんだと納得できたか？』

シモーヌの眉間《みけん》に皺《しわ》が寄った。

『どういう意味？』

『そのままの意味だ』

私は職業意識に凝り固まった偏屈な男ではないつもりだ。実に柔軟な考え方をする男だと自負している。それでも。

『あの写真の青年の顔をじっくりと私は見た。何度も何度も見た。今も眼を閉じれば思い浮かべることができる。そして、トシヒコさんの顔も間近でじっくりと見た。それが、どうしてもぴったりと重ならないのだ』

エヴァとシモーヌは微妙な表情をした。そうだろうと思う。

『輪郭は似ていたような気がするわ』

『目元がよく似ていると思いました』

順番に二人はそう言った。

『そうだな』

二人が言ったことは正しい。輪郭は確かに同じようだった。輪郭はつまり骨格だ。頭蓋骨の形だ。六十を過ぎたトシヒコさんが若い頃に比べて多少ふくよかになったとしてもそうそう変わらない。

目元も確かに似ていた。日本人にありがちな細いアーモンドを横にしたような眼だ。

しかしそれは言い換えれば日本人はそういう目元の人が多いから誰でもそう言えるということだ。

『顔を怪我していたわよね』

『そうなのだ』

それも気になっていた。戦争で負傷したのかどうか。

『もし印象がぴったり来ないというのなら、その負傷も関係しているんじゃないの？』

『そうかもしれない』

シモーヌとエヴァが顔を見合わせ、それからエヴァが言った。

『何より、奥様とお母様が確認しましたよね』

『そうだ』

そうなのだ。皆が間違いないと言ったのだ。

写真の若者は、〈カタヒラトシヒコ〉さんで間違いないのだ。何よりも彼は、エヴァの祖父との思い出をあんなにも懐かしげに蕩々《とうとう》と語ったではないか。それは、本人にしか判らないことだ。

だから仕事は終わったのだ。それなのに私の中の何かがぐずぐずしている。シモーヌはまたコーラを飲んで言った。

『まぁ何となく納得できないっていうのなら、せっかく滞在するんだし、いろいろと話をしてみたら？』

『そうだな』

そうしよう。二、三日はゆっくりさせてもらうつもりだった。トシヒコさんはお礼に宿代は結構ですと言ったがそれはまた別の話だ。きっちり支払いをした方がこちらものんびりと客の気分で過ごせる。まぁ払うのはエヴァなのだが。

『そうしてみよう』


ご飯を食堂で食べてもらうのは、湯治場の頃からの習慣なんです、と、ユキさんは言った。

「湯治場というのはご存じですか？」

「おう、知ってるぜ」

長期間に滞在して治療をするための温泉だ。そのため、質素な山小屋のようなもので多くの場合は自炊が行われたと私の知識の中にある。

それをエヴァとシモーヌに英語で通訳してからまた会話をする。

「するってぇと、ここも昔はそうだったのかい」

「はい、昔はここでそれぞれに自炊をしてもらっていたんです。その名残がいまだに残っていて、旅館と名乗るわりにはサービスが不足していて申し訳ないんですけど」

それで納得できた。着いたときから思っていたのだが、たとえば去年訪れたジョーザンキーの湯郷〈岩谷屋〉と比べると、ここは圧倒的に従業員が少ないのだ。カタヒラさんの家族の他には、調理場の人間と他に通いのアルバイトが数人しかいないという。いくら山の中の、それほど客がやってこない温泉旅館といえどもそれで仕事を回せるのかと思っていたのだが。

「その分、宿泊料とかもお安くなってるってわけだね」

「その通りです」

「そして、長期滞在者がわりかし多いってわけかい」

「そうですね」

食堂は一階の受付のすぐ脇の大きな部屋だ。ここは西洋風に造ってあって、床は座敷ではなく板の間だ。これも雰囲気のある古そうなテーブルと椅子が十いくつも並び、奥には厨房がある。

事前にメニューから好きなコースを選び、そして療養にやってくる人のために食べられないものや、たとえば塩分を控えめにするといった細かい注文もできるようになっている。しかも、ウエイトレスやあるいは仲居さんが運んでくるわけではない。名前を呼ばれたら厨房の前にあるカウンターに取りに行くのだ。その分、お値段もリーズナブルになっている。

他にも部屋数は二十いくつもあるが、滞在中の布団の上げ下げなどは客が自分でやる。食事は全部食堂でほぼセルフサービス。細かい注文、たとえば部屋を掃除してほしいとか洗濯をお願いしたいなどにはきちんと対応してくれるが、スピードは優先されないことを説明される。

『なかなか合理的なシステムね』

シモーヌが言う。確かにそうだ。温泉での豪華な食事や上げ膳据え膳というサービスもまた愉しみのひとつだろうが、ゆっくりと気楽にしかも安価に滞在するのを目的にするのならばこういうのもひとつのやり方だろう。

「そもそも、ここは本当に何にもないところで」

もう暗く周りは見えない窓の方を見やってユキさんは微笑んだ。

「温泉に入るか、あるいは辺りを散策するかしかありません。ですから、観光目当ての若い人はいらっしゃいませんし、本当に湯治目的の方ばかりなんですよ。短くても二、三日、普通は一週間ぐらい滞在していくお歳を召した方がほとんどです」

確かにそうだろう。宴会場もないし、飲みに行こうにもその手の店も何もない。部屋での飲酒もあらかじめ自分たちで持ち込むか、あるいは宿の人間に頼んでお金を渡し、買ってきてもらわないとならない。

「ですから、昼間は主人たちはほとんど外出しています」

お客さんに頼まれた買い物や、あるいはクリーニング、そういうものを山から下りたところの街で済ますのだそうだ。いろいろと聞きたいことがあるので通りかかったユキさんにテーブルに来てもらったのだが、いくらセルフサービスが多い旅館とはいえやることはたくさんあるだろう。いつまでも引き止めていては申し訳ない。

「ところでよ、ユキさん」

「はい」

「この温泉を発見して、旅館を作った初代のショウイチロウさんってのは、トシヒコさんに似てるのかい」

きっと写真の一枚もあるのではないかと思った質問だった。なんでそんな質問をするのかと問われたら、単純に探偵の性みたいなもので知りたいんだと答えるつもりだった。

だが、ユキさんはキョトンとしたのだ。それから、あぁ、と苦笑いした。

「すみませんザンティピーさん。ご説明していませんでしたね」

「何をだい？」

「初代、つまり私の義理の祖父にあたる昭一郎の子供は、女将の章子なんです」

「うん？」

するとそれは。

「義父の稔彦は、婿養子なんですよ」

婿養子。

「そうだったのかい」

それで、義母、とさっきトシヒコさんは言ったのか。聞き間違いかと思っていたのだが、それはまるで考えていなかった。

婿養子だったのか。ということは、彼はどこの人間なのか。この近くの町の人間だったのか。

いやそれよりも。

キイチさんのあのふてぶてしい顔が浮かんできた。

彼は、女将の、アキコさんの弟と言っていた。ということは、この旅館を継ぐべき人間ではないのか？

日本のこういう商売をやっているところは男性が跡を継ぐのが一般的だと私の知識にはある。もちろん例外はあるので、キイチさんが継いでいなくても何の問題もないのだが、婿養子を取ってまでアキコさんが継いだのはどうしてなのか。

何か、深い事情があるのか？

もう少し話を聞きたい。

それは誰に聞けば効率的か。

「ユキさんよ。おいらはね、さっきも言ったけどよ日本の温泉ってぇものが大好きなんだよ」

「そうですね。嬉しいです。外国人の方がそんなにも好いてくれて」

「訪れた温泉の歴史ってぇのにも興味があるんだよ。この温泉がどのようにできあがって、どのように発展してきたのかを知りたいんだけどな。その辺りをいちばん知ってるのは、お祖母《ばあ》さんのトネさんだろう？」

「そうですね」

「ひとつ、お祖母さんのトネさんに話を聞けねぇかなぁ」

ユキさんは笑みを見せながら、少し首を傾げた。

「では、今ちょっと本人に訊いてきますね」

お待ちください、と言ってユキさんは食堂を出ていった。

☆

文字通りこの旅館の奥に、カタヒラさんの家族が住むスペースがあった。別棟といえばそうかもしれないが歩いて行く分には完全に繋がっている。旅館と住居部分を分けるのもあの廊下にある引き戸だった。

そこに表札が掛かっている。私には読めないが、これが日本でよく使われている〈表札〉だというのは判る。この記号のような文字を〈カタヒラ〉と読むのだろう。日本語を読めるように努力したことは何度もあるのだが、どうにも無理だった。

時刻は八時になろうとしていた。高齢のトネさんは毎日遅くとも十時には眠るという。

「おばあちゃん、お連れしましたー」

ユキさんが声を掛けて、廊下の引き戸を開けてすぐの扉を開けると、そこは居間のようなところだった。真ん中に日本の〈コタツ〉がある。部屋の中にはテレビがあり、チェストのようなものも壁際に置いてある。映画の中でよく見かける日本の〈茶の間〉というものだ。

トネさんはコタツの中で私に向かって微笑みかけた。

「よう、お出でくださいました」

手を伸ばして、すぐ脇に置いてあったラジオのスイッチを切った。なるほどテレビを観ていたのかと思ったが、彼女は眼がほとんど見えないのだった。ラジオを聞いていたのだな。

「すいませんね、お邪魔しますよ」

「どうぞどうぞ」

コタツに入るのは初めてだ。ユキさんが私にお茶を淹れてくれた。

「掘り炬燵《ごたつ》ですから、外国人の方にも足が伸ばせるから楽でしょう？」

「まったくだね」

「冬場は赤外線でこの中が暖かいですけどね。もう春なのでこうやって布団を被ってるだけです」

「なるほど」

映画などでも見て実に巧いシステムだと思っていたが、こうして実際に入ってみると足元は確かに暖かくなってくるが背中が寒いのではないか。訊いたら、トネさんが笑った。

「そりゃあ、どてらでも着込んで我慢するしかないねぇ」

そうか、我慢をするのか。確かに日本人は我慢強いことでも知られている。

「じゃ、私は仕事に戻りますけどごゆっくり」

「おう、済まないね」

「おばあちゃん、眼はほとんど見えませんけど、何でも一人でできますからお帰りの際もそのままで心配いりませんので」

「そうかい。わかったよ」

トネさんもにっこり笑って頷いた。トシヒコさんがさっき言ってたが、眼が完璧に見えないわけではなく、たとえればレースのカーテンを二枚重ねて見ているような感じだと言っていた。おそらくは白内障や緑内障などを患っているのだろう。私のマンハッタンの友人にもそういう老人はいる。朧《おぼろ》げながら形はわかるので、慣れた家の中ではまったく不自由はないのだ。

「ザンテさんは、ニューヨークで探偵さんをやっていらっしゃると聞きました」

「おう、そうなんだよ」

トネさんの年齢の日本人は、探偵という職業にどういうイメージがあるのか。

「探偵さんは、偉いですねぇ。凄いですねぇ。ニューヨークは、世界でもとても大きな街でしょうから、いろいろと大変でしょう」

「いやぁ、なんてこたぁないですよ。日本だろうがアメリカだろうが人間のやることたぁ同じだからね。どうってことないってもんで」

そうですか、と、トネさんはにっこりと微笑む。優しそうなおばあちゃんだ。きっとお孫さんに好かれていることだろう。

「ここについてお知りになりたいとか」

「そうなんだよ。おいらはとにかく日本の温泉が大好きでね。ここは、トネさんのご主人、ショウイチロウさんが発見したんだって聞いたんだけどね」

トネさんはこっくりと頷く。皺だらけの顔がさらに笑顔で皺が増える。

「昭一郎は、大工もやっていましたが実家は炭焼き職人の家でしてねぇ。山のことには中々詳しかったようです。所謂山師なんていうのも、商いにしていたようですよ。ここら辺りに温泉が湧いてる話を聞きまして、財産かき集めて借金してまだ二束三文だったこの辺りの土地を買い取って掘ったそうですよ。私とまだ出会う前の話ですけどねぇ」

先見の明があったのだろう。何かを成し遂げる人間というのは多かれ少なかれそういうものがあるのだ。

「それが大正の頃の話でして。ザンテさんは、大正時代とかおわかりですかねぇ」

「おう、知ってるぜ。日本の近代は明治、大正、昭和と続いているんだよな」

「よくご存じで」

元々この辺りの土地には温泉があったのだが、どうも広い範囲に源泉が散らばっていて決して温泉街になることはなかったらしい。交通の便もない山中だったこともあって片平昭一郎氏が名付けた〈五四季温泉〉というのがそのままこの名前になった。

「今でも、あちらこちらにぽつんぽつんと温泉宿がありますが、決して他の土地の温泉街のような賑わいになることはなかったですね」

「〈五四季〉ってぇ名前は日本語でも不思議な名前だと思うんだけどね。なんか曰謂《いわくいわ》れがあったのかい」

「最初はですねぇ、紅葉も見事なこの辺りでしかも温泉の色があのような茶褐色でございましょう？　山の緑に紅葉に茶に褐色に雪の白さ、つまり五色で〈ゴシキ〉と読ませようとしたらしいんですけどねぇ。どこか他のところにもそういうような名前の温泉があるとかで、紛らわしくないように〈五四季〉にしたとか聞いてますねぇ」

なるほど、元々はファイブカラーだったのか。それならば納得のネーミングだ。

「大工でございましたし、腕は確かだったのでしょう。仲間を集めてこの山の木を切って、この温泉旅館を何年も掛けて造作したとのことですよ」

「てぇしたもんだよねぇ。この部屋のあの欄間の飾りだって見事なもんだ」

あれはそれこそ虎が彫り込んであるのだろう。あのような細工を今の時代でも造れる職人はいるのだろうか。

トネさんは、実にスムーズに話をしてくれる。おそらくたくさんの人間がこのようにここの由来を聞きに来ているのだろう。まるで古老の昔語りのようにつっかえることも考え込むこともなく話を進める。

「最初は湯治場だったってぇのを聞いたけどね」

「そうでございますねぇ。昭一郎も天涯孤独のような人でございましたから、ごく少数の人だけ雇い、お客様に全部自分たちでやってもらえるようにそうしたとか。実は、私も湯治に来た客の一人だったのでございますよ」

「おや」

そうだったのか。

「するってぇと、ロマンスがあったってぇわけだね？」

訊くと、トネさんは少し含羞んだように微笑んだ。老人とはいえ女性だ。そういう気持ちをいつまでも持ち続けているというのが素晴らしい。

「そういう時代ではございませんでしたのでね。親に連れられて来ていたのですが、親がすっかり昭一郎の人柄に惚れ込みまして。けれども生臭い話をしますと、たった一人でこれだけのものを作り上げた人物ならば娘も一生安心とも思ったのでしょう。お見合いのようなことをして、嫁入りということになりました」

今でこそ車でひょいとやってこられるが、かつてはそうではなかったのだろう。たった一人でこの山深い温泉に嫁ぐというのもそれなりの覚悟があったことだろう。以前、何かの映画で観たのだが、日本の女性は強い。長い時代男性の陰に隠れあるいは虐《しいた》げられたという面もあるのだが、それでも日本の女性は強かったのだ。トネさんも強き日本の女性なのだろう。

「嫁入りしてここをショウイチロウさんと二人で切り盛りして、そうしてアキコさんが、今の女将さんと、弟のキイチさんが生まれたってぇわけだね？」

「そうでございますねぇ」

そこで微かにトネさんの表情が変わった。

「そうして今は孫の修一さんも、由紀さんもいます。ひ孫もおりまして、拓郎と申します。山の下の町の学校に行ってましてね。ありがたいことに幸せな人生を送っております」

端折《はしょ》った、と感じた。

いやそれは私の見方が偏《かたよ》っていたせいか。それまで流暢に順番に話してくれたものを、ぷっつりと終わらせた。しかし、温泉としての、ここの話はそこまでということか。家族の話は強いて聞かせるものではないということかもしれない。

「ユキさんに聞いたんだけどね」

「はいはい」

「トシヒコさんは婿養子だって」

「そうでございますねぇ。あの人は、安斎稔彦《あんざいとしひこ》という名前でございました」

アンザイさんか。

「婿を取ったってぇことは、あれかい、いや立ち入ったことを聞いちまって申し訳ねぇけどさ。おいらの日本の知識の中には、跡を継ぐのは大抵その家の長男っていうのがあるんだけどね、弟のキイチさんはここを継ぐ気はまったくなかったってことなのかい」

トネさんが、にっこりと微笑んだ。そうしてお茶を一口飲んだ。

「本当に、ザンティピーさんは日本のことをご存じですねぇ」

「いやなに、好きなだけでね」

少し首を傾げた。

「他人様にお話しするようなことじゃあなく、家の恥なのですけどねぇ。ザンティピーさんはわざわざ稔彦さんの写真を持っておいでくださったんですからお話ししますが」

「いや、そりゃあ申し訳ないね。言いづらいことを訊いちまったか」

トネさんは、苦笑いをした。

「あの子は、キイチはこんな山の中の暮らしを嫌って家出をした人間なのですよ。戦争前の話です」

「戦争前？」

「遠い昔の話ですね。章子が結婚する前の話でしてね。東京へ行くとか言ってそれっきり、ごくたまに五年かそこらぐらいに突然元気だと葉書を寄越すぐらいで、それ以外は音沙汰無しの生活をしていました。結局徴兵逃れのようなこともして、ヤクザ紛いの暮らしをしていたようです」

成程、日本のヤクザものか。やはり彼から受けた私の印象は間違っていなかったようだ。そういう世界を潜ってきたものはアメリカでも日本でも同じ匂いがするものだ。

「ここに突然帰ってきたのは、あれですねぇ、何の巡り合わせでしょうかねぇ。実はほんの二週間ほど前なのですよ」

二週間前？

「急にかい」

「一応、帰ってくるという葉書だけは寄越しましたね。何十年も顔を見せずに暮らし、結局母親の眼が見えなくなってから帰ってくるとは、なんと罰当たりなことですかねぇ。それでも、あのろくでなしにも多少の遠慮の気持ちはあったようです。ここに来てからは何かと仕事を手伝ってはいるようですが」

「そうかい」

そういう事情だったのか。

「それで、アキコさんが婿を取ったと」

「そうでございますね」

「トシヒコさんは、この辺の人だったのかい」

トネさんは、こくんと頷いた。

「山を下りた町の、今はもうなくなってしまいましたが、当時あった乾物屋で働いておりました」

「働いていた」

従業員ということか。訊くと、トネさんは頷いた。

「あの子も、苦労した子でございます。早くに両親を亡くし遠戚に当たるそこで下働きをしていたのですよ。とてもよく働く気持ちの良い子でございまして、昭一郎などはその頃から家で働いてもらいたいと申していたのです」

それで、婿に来てもらうことになったのか。

「アキコさんとは、仲が良かったのかい」

「そうですねぇ」

含み笑いのようなものをトネさんは見せた。

「章子は隣り町の学校に通っておりましたし、稔彦さんは働きづめでしたからね。お付き合いするなどということもなく、何度か顔を合わせて見知っているという程度でしたね。それでも、あの時代はそれで充分だったのでございますよ」

そういうものなのか。そういう時代が確かに日本にはあったのだろう。正直者で働き者でさえあれば、二人の相性とかそんなものは関係ない。婿に来てくれるのならばそれで充分と。

「あの写真はですね、ザンティピーさん」

「うん」

「婿養子になるという話を決めてもらった翌日に撮ったのですよ」

「翌日？」

しかし、彼は既に兵士の格好をしていた。

「赤紙が来たのです。それで、慌ててそれ以前にしていた婿養子の話を決めてもらい、この家の前で撮ったのですよ。必ず生きてここに帰ってこられるようにとの、願いを込めてですねぇ」

ですからね、と、トネさんは続ける。

「エヴァさんが、ザンティピーさんに頼んで、ここまでわざわざ持ってきていただいたというのは本当に、本当に感謝しているのですよ」

トネさんは両手を合わせて拝んだ。私は仏さまではないが、それぐらい感謝しているという意味合いなのだろう。

私も、深々と頭を下げた。


トネさんにおやすみを言い廊下に出た。私は所謂懐手をしながら歩いていた。トネさんの話で大方のここの事情はわかった。

『それで、いいのか』

いいのだろう。あの写真は確かにここで撮られたもので、写っていたのは若き日のトシヒコさんだ。何も疑問に思う必要はない。いや、私も疑問に思っていたわけではない。誰かがついた嘘の匂いを嗅ぎ取ったわけでもない。

ただ、しっくり来ないと感じただけなのだ。

何かがしっくり来ないと。

しかしそれは私だけの事情だ。他の人間は誰もそんなふうには思っていない。それどころか皆が喜んでいるのだ。私以外の皆は幸せになっている。それでいいのではないか。

二階への階段を上っている途中で、廊下にいるシュウイチくんを見つけた。ここの三代目。なにやら木製の台に上って吊り下げられたペンダントをいじっている。

「やぁ、シュウイチくん」

「ザンティピーさん」

にこりと笑って私にお辞儀をする。

「何をしているんだい？」

「いえ、このように」

シュウイチくんはペンダントを吊り下げる黒い鎖を奥の方に向かって持ち上げ、天井にあったフックに引っ掛け直した。つまり、ペンダントを上に上げたのだ。

「ひょっとしておいらのためかい？」

「はい」

シュウイチくんはにこりと微笑む。

「もともと、こうできるようにフックは天井にあるのですよ。ほら」

指差したところにはなるほど黒い丈夫そうなフックがある。

「大勢が出入りするときなどはやはり低い位置にあると危ないですからね。このように順繰りに奥に向かって上に上げるんです」

「なるほどね。こいつは済まねぇな」

お蔭様で真ん中を避けて歩かなくても済むようになった。

「うん？」

そこで気づいた。さっきまであった廊下の引き戸もなくなっている。

「それも、外しておきました。あの引き戸も高さがないですから、ザンティピーさんは屈まないと通れませんからね」

「こりゃあ何から何まで申し訳ない。なんだか他の人にも申し訳ねぇな。せっかくの良い景色を変えちまって」

「いえ、しばらくの間、二階にはザンティピーさんたちしかいませんので、お気になさる必要はありません」

言いながらシュウイチくんは作業を続けていた。台に上ってペンダントを奥の方へ持ち上げ、フックに吊るす。見るとなるほど、そのようにしてもまったく影響がないように造ってあるのだ。

感心しながら見ていたのだが、シュウイチくんが微笑みながら言った。

「ザンティピーさん、今夜は雲ひとつありません。夜の露天風呂はいい景色をお楽しみいただけると思いますよ」

「おっ、そうかい。そりゃいいね」

「お酒はあまり召し上がってはいませんよね？」

「おう、大丈夫だ」

「では、ぜひどうぞ」

もちろんお風呂は二十四時間いつでも入れますのでとシュウイチくんは付け加えた。


「やぁ、こりゃあすごい」

十時を回った露天風呂には私一人だった。春とはいえ山の中を渡って行く風は冷たい。それが余計に気持ち良く感じさせる。

そして、この満天の星だ。月は、満月とはいかなかったが半月のその姿で冴え冴えとした光を地上に下ろしている。

「絶景かな絶景かな、ってなもんよな」

湯から上がって縁に腰掛ける。火照った身体に風が心地よい。私は何という贅沢な時間を過ごしているのかと思う。何も心に引っ掛かるものがなく、この温泉を愉しめたのならもっと良いのだが。

『考え過ぎなのか』

英語で呟いた。そうなのかもしれない。これでいいのだと納得して、明日はさらにのんびりと山でも散策して、湯に浸かって、酔っぱらって寝てしまって、そうして明後日にはここを発って〈ゆーらっくの湯〉に向かえばいいのかもしれない。

サンディも厚田先生もミッキーも待っていてくれるだろう。ぐんと背が伸びたジュンとマコにも会えるだろう。

『そうすればいいのか』

呟いたときに、屋内の湯船からこっちに向かってくる人影が見えた。

「やぁ、ザンティピーさん」

月に照らされて現れたのは、日本人にしては浅黒い肌のキイチさんだった。

「こりゃあどうも。良い月夜だね」

「あぁ」

湯船に入り、キイチさんは苦笑いする。

「俺にはあたりまえの風景なんだがな。外国の人には良く感じるかい」

「そりゃあもうね。素晴らしいぜ」

「そうかい。そりゃあまぁ嬉しいな」

おや、と、私は心の中で首を傾げた。キイチさんの態度が夕方に会ったときとは少し違うと感じたからだ。それとも、やはり風呂の中では人はいろんなものを洗い流して素直になるのか。裸の付き合いというものか。

ここは私も構えずに、風呂の中の世間話というものを愉しむことにしてもいいのかもしれない。

「トネさんから、キイチさんは最近こっちに帰ってきたんだって聞いたけどよ。そうなのかい」

「あぁ」

湯気の向こうでキイチさんが苦笑いをした。

「まぁたまただが、あんたたちとはそんな巡り合わせになったな。何十年ぶりかで俺が帰ってきて、そして何十年ぶりかで義兄さんの写真も帰ってきたってわけだ」

世の中そういうものなんだろうさ、と肩を竦めてみせた。私も縁からまた湯船に身体を沈める。

「東京で仕事をしていたって聞いたけどね」

「よせよ、ザンティピーさん」

　右手を上げ、ひょいと振ってみせた。

「おふくろに聞いたんだろ？　ましてやあんたはニューヨークの私立探偵だっていうじゃないか。向こうはさぞかし物騒なんだろう？　私立探偵ってのはいろいろとヤバいこともやってるんだろう。そんな仕事している人間が、俺たちみたいな類いの人間の匂いを嗅ぎ取れなかったり、見抜けないわけないだろう」

「そうかい」

　私も肩を竦めてみせた。

「そういうことなら、素直に訊いちまうけどよ。あんたはどこかの、所謂ヤクザの組でも抜けてきたのかい」

「おっと、直球で来たな」

　そう言って笑い、両手でお湯をすくって顔を一、二度撫《な》でた。

「まぁ早い話がそういうことだ。抜けたと言うよりケツまくって逃げてきたんだがな」

「逃げてきた？」

「細かい話は聞かない方がいいぜ。とにかくヤバくなって逃げてきたのさ。幸い、俺がここの出身なんてことは誰も知らねぇからな」

　成程、そういうことか。

「まさかこんな山の中の温泉に家族とのんびりしているたぁ、お釈迦様でも気づくまいってかい」

「そういうことさ。こいつは誰にも内緒だぜ。探偵さんなら秘密は守ってくれるんだろ」

「生憎とそいつはねキイチさん。依頼人にだけ適用される原則なんだがな」

「そうだったな」

　苦笑いをする。やはり、キイチさんの心持ちは変わっているようだ。温泉の効用だろう。裸の付き合いは何より人間を素直にさせるのだ。

「じゃあ、俺もあんたに仕事を依頼するか」

「仕事を？」

　そうだ、と、言ってキイチさんは立ち上がった。立ち上がって湯船の縁まで歩き、谷の方を指差した。

「ここにいる間だけでいいぜ。散策の途中でもいいさ。探偵のよく利く鼻とやらで探してくれないか」

「何をだい」

「骨さ」

「なんだって？」

心底驚いた。

骨だと？

またなのか？

私の顔を見て、キイチさんは笑った。

「そんなに驚くことはない。半分冗談だ。滞在中の退屈しのぎ、気晴らしとでも思ってくれればいい。俺の親父はな、ここの初代の片平昭一郎はあの谷底に落ちて死んだのさ。聞いてないかい？」

聞いていない。もちろん既にお亡くなりになっているというのは知っていたが。

「間抜けなことにそうなのさ。ところがな」

「まさか、ショウイチロウさんの遺体は実は見つかっていないなんて言うんじゃないだろうね」

「大当たり」

さすが探偵さんだな、とキイチさんは笑う。

「見つかってないのさ。着ていた服とか靴とかそんなものは川に流されて見つかったんだがな。親父の遺体だけは見つかってない。今頃は山のどっかで骨になってるんじゃないかって話なのさ」

そんなことが起きていたのか。

「依頼料の代わりに、滞在する間は毎日ビールを買ってきて部屋に届けておくぜ」

5

空はきれいに晴れ渡っている。山並みはどこまでもその稜線をくっきりと際立たせている。太陽はまだ春の柔らかな光をこの地上の隅々に降り注いでいる。川のせせらぎは耳に心地よく響き、鳥は鳴き、極上のハーモニーを醸し出している。

『最高のピクニック日和《びより》ね』

シモーヌが嬉しそうに言い、エヴァもこっくりと頷いた。河原には大きな岩も多いのだが、二人ともひょいひょいと慣れたように歩いて行く。

『ザンティピー、大丈夫？』

『年寄り扱いしないでほしいね』

いくらなんでもこの程度の沢歩きでへばってしまうほどやわな鍛え方はしていない。しかし、若いときほどこの膝がいうことをきかないのも確かだ。

『ランチボックス、持とうか？』

『だから大丈夫だ』

シモーヌはとことん私を年寄り扱いしたいらしい。いや、旅先での開放感もあるのだろうが、いつもよりも私を構いたがるし傍にいたがる。そんなシモーヌと私を見てエヴァも少しばかり意味深そうな笑みを見せる。少し気持ちを引き締めようかとも思ったが、せっかくの旅なのだ。ここはシモーヌの好きなようにさせるのがいいだろう。日頃の無償のアシスタント業に対するねぎらいの旅でもあるのだから。

若女将のユキさんにお弁当を作ってもらって、旅館から見下ろせる谷へのピクニックと洒落《しゃれ》込んだのは、シュウイチさんやユキさんに勧められたのもある。この川は清流としても名高く、それは素晴らしい景色も観られるそうだ。

『見て、すごい。あれは苔《こけ》よね』

『そうだ』

川の中の大岩に苔がびっしりと生えている。そこも含めて木漏れ日の渓流はまるで一幅の絵のようだ。

キイチさんに言われたショウイチロウさんの事故の話は二人にはしていない。どこかに骨があるかもしれないなんて話は、とてもこの旅を愉しむご婦人二人にはできないだろう。

キイチさんの話では、ここの初代であるショウイチロウさんが亡くなったのは昭和二十年のことだそうだ。ちょうどあの戦争が終わった年だ。むろん、キイチさんはここにいなかったのだから、詳細はわからない。後から聞いた話では、露天風呂から落ちたのではないかということらしかった。そうするとショウイチロウさんは何らかの理由で、戦争には行かなかったのだろう。

見上げると、上に旅館が見える。あの崖のようになっているところが私も入った露天風呂のある場所だ。

しかし、あの露天風呂は、出れば真っ逆さまにここに落ちてしまうような位置にあるわけではないのだ。

谷に落ちるためには露天風呂から出て石塁《せきるい》を越えて三メートルほどは歩かなければならないし、さらに飛び降りてもそこには木々が生い茂っている。ましてや垂直に切り立っているわけでもない。何の道具もなしに下りるのには危険な斜度ではあるが、ロープを使い下りてこようと思えばローティーンの子供でもできるだろう。

それでも、ショウイチロウさんがそこから落ちて死んだとされたのは何故なのか。キイチさんの話では河原に血の跡があったからだそうだ。それは川に向かって続き、そこで途絶えていた。下流で彼の着ていた半纏や履いていた靴が発見された。以来彼は行方不明になっているのだが、崖から落ち、さらに川に流されて死んだとされた。

遺体は見つかっていない。

ショウイチロウさんはその前年辺りから少し精神を病んでいたらしい。何が原因かはわからないが、キイチさんが母親であるトネさんから聞いた話で判断するなら、今で言えば躁鬱《そううつ》の気があったのだろうということだった。

キイチさんがどこかその辺で骨になってると言ったのはそういう事情らしい。発作的に飛び降り、傷だらけになり、川に入り、あるいは山をほっつき歩いてその辺でのたれ死んだのだろうと。あるいは熊に食われたのかもしれないと。

そう、熊だ。去年も熊除けの鈴をつけて山を歩いたのだがまた今年も熊除けの鈴をつけている。二人はその音色が可愛いとやたらと鳴らしているが、谷間に響く鈴の音というのもまた風流なものだ。

『川に入ってもいいのよね』

『浅瀬ならな』

シモーヌとエヴァが靴を脱ぎ、裾を上げて裸足で浅瀬に足を踏み入れて喜んでいる。

こういう川遊びというのは人を童心に返らせるのだろう。二人ともまるで少女のような笑顔で笑い転げている。

私は岩の上に腰掛け、煙草を吹かした。

のんびりとこの風景を愉しみたいが、やはりいろんなものが頭の中をぐるぐると回り続けている。仕事のモードから抜け切れない。

ショウイチロウさんの事件は、事故なのだろうか。

もう三十五年以上も前の話だ。終戦の年ならばまだトシヒコさんは帰国していないだろう。義理の父親が何故そんなことになったのかは彼も判らないはずだ。

関係者に、つまりトネさんに再びその辺りの話を聞こうにも、決していい顔をしないだろうし教えてくれないかもしれない。

何故なら私はただの旅人だからだ。

過去をほじくり返す権利などない。

しかし事故だと思われていたものが実は事件だったという話はいくらでもある。去年だってそうだったのだ。だが、去年は私が巻き込まれた事件だった。だからいくらでも動いた。探偵としてその事件を解決すべく身体も頭脳もフル回転させた。

しかし、今回は事件ではない。何も起こっていない。

何も起こっていないが、新たな釈然としない事実が次々に積み重なっていく。

キイチさんが突然に帰ってきたのは、本当にヤクザの世界から逃げてきただけなのか？

事故で行方不明になり死んだと思われているショウイチロウさんは本当にこの山で骨になっているのか？

何よりも、トシヒコさんは本当に本人なのか？

本人ではないとしたら、何故アキコさんもトネさんも本人だと納得しているのだ？

『駄目だ』

堂々巡りだ。本人なのだ。そうに違いないのだ。アキコさんもトネさんもキイチさんも本人だと認めているではないか。

シモーヌが石を拾い上げ、エヴァと二人で何やら話している。きれいな石でもあったのだろうか。

『そういえば』

二年前、訪れたオ・ヴィラで厚田先生と初めて会ったのもあそこの河原だった。ミッキーとジュンとマコと一緒に化石を取ったのだ。あのときに見つけた貝の化石は今も私のデスクの上にある。ここには化石などはないのだろうか。

堂々巡りの益体《やくたい》もない考えを捨てて、私も川遊びに集中した方がいいのかもしれない。どうせ骨など見つかるはずもない。

三十何年も経っているのだから。

☆

窓際の板の間にある籐の椅子に座って、キイチさんに差し入れしてもらったビールを飲みながらのんびりと外を眺めていた。

闇夜に浮かぶ月がきれいだ。

昼間、調子に乗って川遊びに興じ過ぎたせいで昼寝をしてしまい、眼は冴えている。しかも少し日焼けしたらしく肌が火照っている。ここの温泉はそんな日焼けにも効くそうだが。

キイチさんに生憎と骨は見つからなかったと言うと、顔を顰め本当に探したのか、と笑っていた。期待なんかまるっきりしていないと。暇つぶしになったら幸いだぜなどと言っていた。

彼は確かに旅館の手伝いをしているようだった。外にはほとんど出ることはないと。つまり隠れて暮らしているらしいのだ。ひっそりと。ならば、本当にヤクザの組から逃げてきてひっそりと堅気の生活をしているのかもしれない。

『いかんな』

私もさらに温泉に浸かって浮世の垢《あか》をもっと洗い流した方がいいのかもしれない。何もかも考え過ぎかもしれないのだ。

廊下の方で音がした。扉が静かに開く音だ。こんな時間にカタヒラ家の誰かがやってくるはずはないし、声も掛けずに扉を開けるはずがない。たぶんシモーヌだろうと思っていたら、やはりそっと襖が開いた。シモーヌが少し笑みを浮かべながら抜き足差し足で部屋に入ってきた。

『どうした？』

後ろにエヴァはいない。夜中に部屋で二人きりになるのが悪いというわけではない。私たちは十二分に大人だしそんな夜は今までいくらでも経験してきた。無論、ただの友人としてだが。

シモーヌはすすっと歩を進め、私の正面に座った。

『エヴァは』

『部屋で寝てるわ』

『放ってきたのか？』

『今頃、私がザンティピーといちゃいちゃしてるって思ってるかも』

まぁそう思われてもデメリットは特にはないが、友人を一人にして夜中に忍んでくるなんていうのはシモーヌらしくない。

『誤解してもらってもいいけど、実は抱きしめてもらいたくて来たわけじゃないから』

そうしてと言われても嗜《たしな》めるつもりではいるが、では何だと言うのか。私が首を傾げるとシモーヌは身を乗り出してきた。

『エヴァには聞かせたくないことを話しに来たの」

『聞かせたくないこと？』

シモーヌの眉間に皺が寄った。

『とんでもないことを、見ちゃったの』

『とんでもないこと？』

こくんと頷く。何が起こったというのだ。

『川から帰ってきて、お風呂に入りに行ったじゃない。その後、久しぶりに何時間も陽に当たっていたから疲れたってザンティピーは昼寝してたわよね』

『そうだな』

年寄りのようで嫌だが事実だ。

『エヴァもはしゃいだので疲れたらしく、横になっていたのね。私は元気が有り余っていたのでその辺を散歩していたの。旅館の周りをぐるっと回っていたら森の中に通じる小道があって入って行ったのよ。そこに、トシヒコさんが居たの。いつものハンテンを着て』

『何をしていたんだ？』

『私たちが遊んだ河原とは違う河原に通じるところに、小さな焼却炉があったわ。焼却炉というより、ドラム缶に毛が生えたようなものかしら。そこでゴミを燃やしていたの』

成程。この辺りは山の中だからゴミの収集などはないのかもしれない。自分たちで出したゴミは燃やしているのか。

『すると、そこでゴミではないものを燃やしていたのを見たという話になるのか』

『そうなの』

『何を燃やしていたんだ？』

死体よ、などという言葉が出て来ないことを祈った。

ドラム缶の中から骨など拾いたくはない。以前にマンハッタンのある部屋でそんなことを経験したが。

『写真』

『写真？』

なんと。それは。

『あの写真をか？』

シモーヌは悲しそうな顔をして顎《あご》を僅《わず》かに引いた。

『間違いないわ。私の眼がいいのは知ってるでしょう。ゴミを燃やし終わった後にトシヒコさんは胸ポケットから写真を出したの。しばらくの間、じっとそれを眺めていたわ。そうして、思い詰めたような顔をして』

『写真を火の中にか』

『そうよ』

『それは』

確かにエヴァには聞かせられない。いや、返した写真をどのようにしようがそれはトシヒコさんの勝手なのだが、あまりにもひどい。エヴァがショックを受けるだろう。あれはエヴァにとっても祖父の形見のひとつだったのだから。

私は、煙草に火を点けて、大きく煙を吐き出した。

『本当なんだな？』

『こんなことで嘘なんかつかないし、確かでないことを夜中に話しに来ないわ』

そうだ。これでもシモーヌは優秀なアシスタントなのだ。現場の仕事などは決してさせないが、事務所で仕事の話を聞かせて中々に気の利いたアドバイスをしてくれることもある。そうして決して話を大げさにするような人物でもない。今現在、私が最も信頼する人物のナンバー2だ。ナンバー1はもちろんシモーヌの兄のアーノルドで、ナンバー3はサンディだ。

『私ね』

シモーヌが私を見つめた。

『何となくしっくり来ないっていうザンティピーの勘は今度ばかりは外れていると思ってた。だって、皆があの写真は間違いなくトシヒコさんだって言ってるのに、あなただけがもやもやしていた』

『そうだな』

『でも』

そうだ。私も頷いた。写真を燃やしてしまったというのなら、それが事実ならばまた話が変わってくるかもしれない。

『何故、写真を燃やしてしまったのか』

たとえば。

『実はあの写真には嫌な思い出が詰まっているということも考えられる』

エヴァが語ったお祖父さんの思い出は、実は一方的な感情でしかなく、トシヒコさんにとっては思い出したくもないことだったかもしれない。ありえない話ではないだろう。感情の行き違いなどどこの国のどんな人にもあり得る。

『でもトシヒコさん、すごく感謝してたわ。あの言葉に嘘はないと思ったけど』

『客商売の人間だからこその、咄嗟《とっさ》の演技だったのかもしれないな。わざわざアメリカからこんなところまでやってきてくれた若い女性への感謝の気持ちだ。正直に言ったところで誰も喜ばないと判断したかもしれない』

『そうね』

もしそうなら、そういう心遣いができるのだから、トシヒコさんが善き人物であることは間違いないところだろう。

『しかし、確かにそういう可能性もあるが』

別の可能性の方が高いのではないか。

『写真が残っていてはまずいから、燃やした』

『つまりそれは』

やはり、別人だからなのではないか？

彼は〈カタヒラ・トシヒコ〉ではないのかもしれない。

だとしたら、彼は何者なのか？

『そうよね』

シモーヌが唇を噛んだ。

『でもね、ザンティピー』

『なんだ』

『あの写真は既にトシヒコさんの手元にあったの。そしてそれはカタヒラさんの家族と私たちしか知らないのよ。燃やしたのは写真の存在をこの世から消したかったのだろうけど、もしそうなら私たちが帰ってからでもいいわよね。写真はもう一通り皆が見てるんだから、改めて見られたってどうってことないわよね。慌てて焼却する必要なんかないと思わない？』

思わず眼を開いてしまった。

『確かにその通りだ』

あの写真に写っているのは自分ではないというのを隠したいのなら、確かに焼いてしまうのが一番だろうが急いでそうする必要はない。焼いているところを誰かに見られるなどとは思っていなかったのだろうが、それにしても性急過ぎるのは確かだ。

家族以外は他の誰が写真を見るわけでもないのだ。私たち以外にあの写真の存在を知る者はいないのだから。

何かがあるのか。

私たちには気づかない何かが。

『写真をもう一度よく見ておくんだったな』

すぐに焼いてしまわなければならない何かが写っていたのか。記憶はしているものの、どんなに思い浮かべても判らなかった。

二人で、考え込んでしまった。

『トシヒコさんを問い詰めてみる？』

それは簡単だ。しかし。

『否定されたらそれで終わりだ。何よりも私がぐずぐず考えているのは、これは仕事ではないということなんだ』

『そうよね』

それはわかる、とシモーヌが言う。

『トシヒコさんにしてみれば、放っておいてくれ、ってものよね』

『そうだ』

仮に別人だったとしてもそれが何だというのか。いや、とんでもない秘密ではあるものの、それを私が暴いていいものではない。

私は赤の他人なのだ。

カタヒラさんたちはここで地にしっかりと足をつけて生活している。それはもう三十数年続いてきたのだ。諍《いさか》いや悩みはあるにしても、その平和な暮らしを私が乱していいものではない。

『皆が嘘をついているのかしら』

シモーヌがふと顔を上げて言った。

『だって、皆が写真を見て納得したんだものね。だとしたら、皆は実はトシヒコさんはトシヒコさんじゃないって知っててそれを私たちに隠したってことは』

『いや、それはないだろう』

『どうして』

『もし全員でそれを隠していたとしても、私たちにまで隠す必要が、嘘をつく必要がないからさ。せっかく来てもらったが、これは私ではない。誰か知らない人がここで撮った写真なのだろうと言えば済む話だ。残念でしたが温泉でも愉しんでいってくださいと笑えばそれでいいのだ。カタヒラという名前も間違って伝わったのかもしれない。そう言えば済む。エヴァのお祖父さんは亡くなっている。そう言われればもう確かめようもない話なのだ』

シモーヌがそういえばそうね、と、納得した。

私は煙草を吹かす。天井を見上げて考える。ここの天井は木の板が嵌《は》め込まれているようだが、その木目も見事だ。

いくら素晴らしい温泉でも、他に何もないこの土地ではそうそう何日も過ごせるものではない。私はともかく、シモーヌもエヴァも明日には退屈になってくるだろう。車で遠出するにしても、ここに長逗留する目的はない。

諦めて、立ち去ってしまえばいいのかもしれない。奇妙なことになってしまったが、それもまた一興だったと思えばいいのかもしれない。

実際、今まで納得できない仕事など何度となくあったのだ。納得できないが、それが現実というものだと肩を竦めて溜息をついてそれで終わらせた事件は数多い。

今回もそうすればいいのだ。

少なくとも、依頼人であるエヴァは喜んでいた。今回の仕事は大成功に終わっている。

そうシモーヌにも告げようとした、そのときだ。

『うん？』

耳に、何かが届いた。

何か、騒ぐ音？　廊下を誰かが走る音？

シモーヌにも聞こえたようだ。

『何かしら』

大声で騒いでいるわけではない。しかし確かに数人が廊下を走り回っているような気配が伝わってくる。声も聞こえてくる。

襖の向こうの廊下側の扉が開く気配がした。

「失礼します。ザンティピーさん、まだご就寝前でしょうか」

「おう、起きてるぜ」

あれは、シュウイチくんの声だ。襖が開き、立ち膝でそこに控えるシュウイチくんがいた。

しかしその表情が固い。

「どうしたい。何か騒がしいが」

「申し訳ありません。祖母が、トネがこちらにお邪魔してはいませんよね」

「トネさんが？」

私とシモーヌが思わず顔を見合わせた。シモーヌはシュウイチくんが何を言ったか判らなかったろうが、トネという名前と雰囲気から大体察したのだろう。

「いいや？　来てないぜ。今日は一度も顔を見てねぇけどな」

「そうですか」

「何かあったのかい？」

「実は、部屋におりませんで」

「いない？」

そのときだ。

「あなた！」

廊下の向こうで声が響いた。

尋常ではない声の響き。

思わず私は立ち上がった。シュウイチくんも後ろを振り返り、一度私を見て慌ててお辞儀をして部屋を出ていく。私もその後に続いた。

廊下の突き当たり。

あれは何だったか、そうだ雪戸だ。

普段は閉じられたまま開くことのない雪戸が開いている。そこに、ユキさんが立ち竦んでいる。暗い照明だが、その顔が明らかに驚きと恐怖で歪《ゆが》んでいるのがはっきりと判った。

微かに外の風が吹きこんでくる。外から誰かの声も響いた。

「おふくろ!」

キイチさんの声だ。

緊迫した、叫ぶ声。

まさか。

私はシュウイチくんの後に雪戸に辿《たど》り着き、下を見る。月明かりに照らされて、地面にうつぶせに、四肢を投げ出すように横たわる和服姿があった。

「トネさん!」

まさか。

何だ、これは。

何故、こんなことが起こるのだ。

☆

警察のパトロールカーの持つ雰囲気は、世界中どこに行っても共通なのだろう。ライトの明滅は辺りの雰囲気を一変させる。

そして、警察のやる仕事はニューヨークも日本も同じだ。私にとっても馴染みの光景がこの〈五四季温泉旅館〉でも繰り広げられていた。

現場保存と、鑑識の調査だ。

そして、関係者への事情聴取だ。

二階から転落したトネさんは、悲しいことに、残念なことに、息絶えていた。救急車がここに着く前にそれはわかっていた。健康な人間ならば、大人ならば、たかだか二階だ。落ちたところで怪我程度で済んだのかもしれないが、トネさんは八十七歳の高齢だった。しかも、落ちたところには敷石もあった。打ち所も悪かったのだろう。頭から大量の出血があった。

事故なのか、事件なのか、あるいは自殺なのか。

カタヒラ家の誰も事件や自殺などとは思っていなかっただろうが、警察はいかなるときでも様々な可能性から検討しなければならない。

トネさんの発見から一時間後。既に日付は変わろうとしていた。トネさんの死亡を確認するためにトシヒコさんとアキコさんは病院まで一緒に行っているが、それ以外の人間は全て食堂に集められた。

無論、宿泊客である私たちも同様だ。

シュウイチくんにユキさん。息子であるタクロウくんは既に眠っているために除外されている。そしてキイチさん。

宿泊客は、私とシモーヌとエヴァ。その他には今日の段階では二組しかいなかった。アワジさんという五十代の夫婦とタナカさんという三十代の家族。タナカさんは奥さんのご両親と一緒に来ていたので、四人。つまり、私たち以外の宿泊客は六人だ。

その六人が簡単な確認だけであっさりと部屋に帰ることを許されたのは、彼らが宿泊していた部屋は現場から離れた正面側の一階であり、かつトネさんの存在など一切知らなかったからだ。ただ、旅館のかつての女将が転落死してしまったときに、運悪く宿泊していた客だと判断されたのだろう。身分証明書などで身元もはっきりしていたので、このまま帰しても何も問題ないとされたのだ。

私が感心したのは、その縁もゆかりもないアワジさんとタナカさんのご家族だ。この旅館の主の母が転落死したと話を聞いて、最初はびっくりしていた。シュウイチさんたちはこんなことが起きてしまって申し訳ない。今後警察の調べやその後には葬儀などもあるので、大変申し訳ないが明日早々にお引き取り願わなければならない。そんなわけで宿代は結構ですと申し入れると、二家族ともとんでもないと首を横に振ったのだ。

「充分に素晴らしい湯を堪能させてもらいました」

そう口を揃えて言い、さらに誰もが部屋に帰る前にシュウイチさんやユキさんにお悔やみの言葉を、おざなりにではなく心からの言葉を掛けていたことだ。奥さん同士はまた改めて来ますと目元を押さえ手を握りあっていた。

私は食堂の隅で煙草を吹かしながら、日本人の美徳のひとつをまた見た気がしていた。こういうのを何と言えばいいのか。生憎と私の語彙《ごい》の中にはなかった。

素晴らしい気遣いではないか。人間はこうでなくてはならない。心底そう思う。

そのままいい気分のまま終われればよかったのだが、そういうわけにはいかない。

アワジさんとタナカさんのご家族が部屋に帰されて、私たちは、食堂に残された。時間を掛けて話を聞きたいと言われた。

何故なら、トネさんと会ったことがあるからだ。

私などは個人的にたっぷりと話までしている。

しかもトネさんが落ちた二階の雪戸のところは、私たちの部屋の眼と鼻の先なのだ。おまけに身元の確認も照会もそう簡単にはできない外国人だ。

警察が、じっくりと話を聞きたいと思ってもそれはしょうがない。よくわかる。

エヴァが不安そうな顔をしてシモーヌの手を握っていた。シモーヌは、さすが私のアシスタントだ。ニューヨークの三十二分署の悪徳刑事であり私の友人でもあるイアンと対等に渡りあう度胸の持ち主なのだ。背筋を伸ばし、エヴァを気遣いながらも日本の警察の動きをしっかりと観察している。

「お待たせしました」

二人の男が、私たちの座るテーブルにやってきた。一人は背広を着たおそらくは刑事、一人は紺色のジャンパーを着てその下は警察官の制服を着ているから、地元の交番の警察官だろうか。無論、私は日本の警察の〈交番〉という制度も知っている。

「宿の方から、日本語は大丈夫だと聞きましたが」

「おう、問題ないぜ。何でも聞いとくれ」

二人が眼を丸くした。状況が違えば笑ってくれるのだろうが、どう反応すればいいのか困っていた。

「生憎とこれがおいらの日本語なんだよ。ちょいとこの場には似合わねぇかもしれねぇけどさ、勘弁しておくれよ」

「あー、はい。わかりました」

私服の刑事が頷く。まだ若いのだろう。おそらく三十代ほどではないか。手帳を取り出して開いた。

「宿の方に聞いたことを確認しますが、お名前は、ザンティピー・リーブズさんと、シモーヌ・デビートさんにエヴァ・デニスンさん。アメリカ人で、ニューヨークのマンハッタンからこちらにやってこられた」

「その前によ、刑事さん」

「何でしょう」

「あれかい？　日本の刑事は名乗る前に仕事を始めるのかい。おいらの住むマンハッタンではね、どんな悪徳刑事だって話す前には身分を証して名乗ってくれるぜ？」

少し皮肉を込めて、微笑んであげた。別にいじめようとしているわけではない。対等の立場で話したいだけなのだ。

これは、探偵の基本だ。相手を下に見たり上に見たりはしない。常に対等の、平等の立場で話を進める。そうしなければ眼が曇ってしまうのだ。

若い刑事は、隣りの警察官と一度眼を合わせた。

「失礼しました。私は神別署の岡本と申します」

「オカモトさんね。よろしくな。おいらの名前を呼びづらかったらザンテでもいいぜ」

また眼を丸くする。見たところ真面目そうな男性だ。スーツも型くずれしていないし、シャツには糊《のり》が効いている。髪の毛はきちんと整えられて無精ヒゲもない。まったく私の街の刑事たちに見せたいぐらいに清潔感溢れる刑事さんだ。

「では、ザンテさん」

「なんだい」

「こちらの片平トネさんが二階の扉から落ちたところを目撃されてはいませんね。そちらの女性の皆さんも」

私は頷き、一応二人に通訳する。もちろん、二人も頷いた。

「声や、音はどうでしょうか。その他に、何か不審なものを見聞きしたということは」

「おいらはないいな。そしてさ、通訳する手間を省くけどよ。さっきおいらがこの二人に確認しておいたぜ。二人とも何も見聞きしていない。信用してもらっていいぜ」

オカモト刑事は僅かに首を傾げた。

「ザンテさんは、ニューヨークで私立探偵をやっていらっしゃるとか」

「その通り。ついでに言えば、探偵になる前はあんたとご同業だったんだぜ」

オカモト刑事がまたまた眼を丸くした。素直でいいが事情聴取の段階でそんなに感情を露にしてはまずい。

「刑事だったのですか」

「おう、そうなのさ。なので、日本語がほとんどわからねぇこの二人には、あらかじめあんたが訊かなきゃならないことは全部訊いておいた。こっから先は通訳なしでおいらが答えるからさ」

　一度考えて、頷いた。

「わかりました。今の段階ではそれで結構です」

そうだろう。事件と事故、あるいは自殺か。何も判らない段階での事情聴取は一通りの基本的なことさえ訊ければいい。

「では、お三人とも亡くなられたトネさんにはお会いになっていますね？」

「会ってるぜ」

「最後にトネさんと会った、もしくは姿を見たのはいつでしょうか」

「おいらは昨日の夜だ。八時過ぎだったな。時計を確認したから間違いないぜ。カタヒラさんの部屋の居間でいろいろお話をしたのさ。この温泉旅館がいつできたとかそういう由来の話をね」

　成程、とオカモト刑事はメモを取る。

「お二人の女性は」

「それも昨日だが、ここに着いてしばらくした夕方ぐらいだな。泊まっている部屋にトネさんがやってきてそこで会った。二人はそれ以降トネさんの姿は見てねぇな」

頷きながらオカモト刑事が私を見た。

「ここにやってきてから、何か不審な人物を見かけたということはありませんか」

「それもない。会ったのはカタヒラさんの家族と、宿泊の人だけだね。怪しい人物とか出来事とかそんなものは一切なかったねぇ」

「ザンテさん」

「あいよ」

「皆さんがこちらにやってこられたのは単なる観光ではなく、カタヒラさんに用事があってきたと聞きましたが、それについてあなたの口から話していただけますか」

私はにこりと微笑み頷いた。このオカモト刑事は多少感情を表に出し過ぎるところはあるが、手順通りに仕事を進めている。刑事の仕事など、国が変わったところでそうそう変化はしない。

何かが起きたのなら、それが起こる前にここで何が行われていたかを正確に把握することがまずすべきことなのだ。

しかし、ここをどうすべきかとさっきから考えていた。私たちがここに来た理由を説明する。それはいい。

写真を持ってきたのだ。何も後ろ暗いところはない。むしろ美談として誇らしく話してもいいぐらいだ。

だが、ではその写真を一応確認しましょうとオカモト刑事が言ったときどうなるか。写真はトシヒコさんが燃やしてしまったのだ。その理由はまだ突き止めてはいない。そしてそれをこの刑事さんが知ったらどう思うか。トシヒコさんはどう答えるのか。

見方によっては、私が悶々《もんもん》と考えていた疑問を、日本の警察が代わりに調査してくれるということにもなっていくのだが。

だが、状況がどうあれ、ここは素直に答えるしかない。

「まぁもうカタヒラさんから聞いてるたぁ思うんだけどよ」

私は一から説明した。ニューヨークのマンハッタンの事務所に、シモーヌがエヴァを連れてきたときからのことを。

そうして日本に、この北海道にやってきてここを訪れ、あっさりとご本人に出会えて写真を返却したことを。

「まぁそんなんでよ。おいらが依頼された仕事は片がついたんでね。三人でのんびりとここの温泉を愉しんでいたってとこよ」

オカモト刑事は、意外にもにっこりと微笑んだ。

「日本の温泉はいかがですか」

「そりゃもう最高よ。極楽極楽ってもんさ。あんたも地元の人なら、ここに入ったことあるんじゃないのかい」

「ええ、それはもちろん」

ここはいい温泉ですよとオカモト刑事は頷く。

「明日もこちらに滞在する予定でしたか」

「実のところ、お暇《いとま》しようかとも考えていたんだけどな。状況によってはそうも行かなくなるんじゃないのかい？」

苦笑いした。

「さすが元刑事さんですね。判ってらっしゃるようです」

「おうよ」

「元刑事さんにあやふやなことを言ってもしょうがないでしょう。今現在、遺体の検分を行っています。遺体や現場の状況に不審な点がなければ、つまり殺人の疑いがなければ事故か自殺かの両面で考えます。その判断がでるまで、申し訳ありませんがこちらに滞在していただきたいのですが」

「もちろんよ。こちとら何も後ろめたいことはねぇし、むしろ何でも協力するぜ。少なくとも」

私たちは、カタヒラさん一家と知人になったのだ。

「知人の不幸をそのままにして帰るなんてことはできねぇよ」

そう言うと、オカモト刑事も微笑みながら頷いた。

「申し訳ありませんがよろしくお願いします。それと、これは老婆心かもしれませんが、日本にザンテさんの身元を保証、あるいは確認してくれる方はいらっしゃいませんか」

「万が一の場合ってこったね」

「そういうことです」

何か疑わしい点が出てきたときに、大使館を通じて身元確認するなどという面倒臭い手間を省くためだ。

「そいつがね、運の良いことにいるんだな」

「そうなのですか」

「ル・モエのオ・ヴィラてぇ町を知ってるかい」

オカモト刑事はちょっと首を捻った。

「留萌の小片ですね。判ります」

「そこにおいらの妹がいるんだよ」

「妹さん？」

偶然にも、温泉旅館の若女将として。

6

どんなことがあっても朝はやってくる。

そして、朝の清々しい空気と太陽の光はどんなに気分が落ち込んでいても活力というものを与えてくれるのだ。人間は朝の方が賢いと言ったのはどこの哲学者だったか。

「オハラショウスケさんは正しいぜ」

朝寝朝酒朝湯が大好きで、という歌があるそうだ。もっともオハラショウスケさんはそれで身上を潰したらしいが、それはそれで羨ましい話ではないか。

露天風呂の上の空は今日も清々しく晴れていた。しかも一人で独占だ。泊まり客だったあの二組の家族はもう既にここを発ってしまった。しばらくは、私たち以外に温泉を使う人間もいないだろう。

昨日の夜、トシヒコさんとアキコさんは憔悴《しょうすい》し切った様子で病院から戻ってきた。そうしてオカモト刑事としばらく話した後に、私たち泊まり客にとんでもない事態になってしまい申し訳ないと謝って歩いていた。

無論、私たちがそんな謝罪など必要ないとしたのは言うまでもない。ただとにかく、きちんと葬儀が終えられることだけを祈ろうと話したのだ。

今日の昼前にもオカモト刑事はやってくると言っていた。死体の検分と鑑識の結果を携えて、警察としての見解を示しに来るのだ。それで、何らかの結論が出るだろう。

湯船に浸かり、お湯をすくって顔をこすった。独特の匂いと感触のお湯が心地よい。

「それにしても、ってもんだな」

警察は結論を出す。

自殺か、事故か、殺人か。

どんな結論が出たとしても、そこには理由というものがあるはずなのだ。トネさんが死んでしまった理由だ。

何故トネさんは死んでしまったのか?

考えると胸が痛くなる。

ひょっとしたら、理由の中に私たちの訪問が関係しているのかもしれないのだ。そこにどんな繋がりが生じたのかは今のところ見当もつかないが、私たちが写真を持ってきたその翌日に、なのだからまるで無関係というのはむしろ考え難い。

警察だってそう考える。この外国人たちの訪問が何か関係しているのか、と。優秀な刑事ならば予断を持たずに事実だけを踏まえて。そこに何らかの繋がりが認められれば、私たちはそれが解明されるまで足止めされるだろう。

しかし、黙って待っているのは性に合わない。

私は探偵なのだ。ニューヨークのマンハッタンで、有能な探偵だと評判を得ているし自負もしている。

「動かなければな」

依頼なき調査は決してしないつもりでいた。しかし、もしも自分が巻き込まれたのなら別だ。

そしてもう既に巻き込まれているかもしれないのだ。

全ては、オカモト刑事の出す結論を聞いてからだ。

警官は必ず二人組で動く。その原則はここ日本でも同じだと聞いていたのだが、オカモト刑事は一人でやってきた。その段階で殺人という結論は消えたなと判断した。殺人ならば改めて事情聴取が入るはずだ。たった一人でやってくるはずがない。

他の泊まり客もいなくなったので、全員が食堂に集められた。まるで映画のように。

「個々にご説明するより、この方が時間の節約になると考えました」

調理場のカウンターの前に立ったオカモト刑事はそう始めた。眼の前のテーブルにはトシヒコさんたちカタヒラ家の皆が座り、私とシモーヌとエヴァの三人は、その後ろのテーブルに座った。

「まず、遺体検分の結果ですが」

私にはカタヒラ家の皆の頭が見えている。それらが、小さく頷いた。

「不審な点は一切見られませんでした。つまり、誰かに無理矢理あそこから落とされたとか、あるいは暴力を加えられたような痕跡はなかったということです。毒物その他ももちろんです。死因は、頭部打撲による出血死でした」

やはりそうだったか。

「皆さんの話を総合すると、夜中の十時過ぎにトネさんは誰にも見られずにご自分の部屋を出て、二階に上がったものと推察されます。死亡推定時刻とも一致します。目撃者は誰一人おりません」

そこで一度言葉を切って、オカモト刑事は皆を見回した。

「二階のあの雪戸と呼ばれる扉の取っ手部分には、トネさん以外の人物の指紋はありませんでした。窓枠などに若女将の由紀さんの指紋がありましたが、これは窓の拭き掃除を一昨日行ったということなので、そのときについたものなのでしょう。ですから、現段階ではトネさんは自分で二階に上がった後に、あの扉を開けて落下したものと結論づけられます」

トシヒコさんの頭が少し下を向いた。

「ご家族の方のお話を伺っても、自殺の動機は見つけられません。そもそもが、不謹慎な表現で申し訳ありませんが、あそこは自殺するのには不適当な場所です。下手すると打撲か、悪くても足の骨を折って終わりという場所なのですから。これも不適切で申し訳ありませんが、この周りには死のうと思えばもっと最適な場所はいくらでもあります。従って、何らかの理由でトネさんはあそこを開けて、落ちてしまい命を落とした事故ではないかとの見方を強めています」

誰かが息を吐いたのがわかった。ホッとしたのかもしれない。

「しかしながら」

オカモト刑事はまた皆を見回した。

「トネさんはご高齢でした。手荒な真似をしないでも、たとえばあそこまで自分で歩いてきてもらって自分で扉を開けてもらい、背中を軽く押すだけで落下してしまうでしょう。家族や顔見知りならばそれも可能です。つまり、その可能性を追及するのならここにいる全員が容疑者となってしまいます」

「そんな」

シュウイチくんが少し腰を浮かせたのを、オカモト刑事は手で制した。

「もちろん、私は地元の人間です。皆さんと顔を合わせたのも一度や二度ではありません」

そうだったのか。そういえばその辺りを確認するのを忘れていた。そうか、彼が私の事情聴取のときに名乗らなかったのも、カタヒラ家とは顔見知りだからわざわざ名乗る必要もなく、私のときにもうっかりしていたのか。

「こちらのご家族の間にトラブルがあったという話は聞いていませんし、皆さんがそんなことをするような人間ではないのもわかっているつもりです。しかし」

チラッと眼を動かしたのは、キイチさんを見たのだろう。家族の中にまったく普段の素行が判らない人間がいるというアピールか。

無論、私たちも含めてのことだろう。

「そういう確証を得られない人がいるのも事実です。事実ですが、そういう方も含めて、動機が今のところまったく見つけられません。皆さんもそうでしょうが、トネさんが殺されなければならない理由がまったく見つからないのです」

皆の頭が一様に動いた。

「同時に、何故そんな事故が起きてしまったのかという理由も我々は見つけられないでいます。トネさんは眼が不自由だったとはいえ、家の中のことは熟知しており、誤ってあそこから落ちてしまうということもまた考えられないのです。お家の方も知っている通り、トネさんは頭もしっかりしていらっしゃいました。間違えるということも考えられませんし、何より足腰が弱った最近は二階に上がることもほとんどなかった。ですから、繰り返しますが、二階にあるあの扉をトネさんが開ける理由がまったくわからないのです」

確かにその通りだ。私もずっと考えているのだが、まだ何も摑めない。

「従って、捜査はもう少し続けさせていただきますが、葬儀は執り行っていただいて結構です。そして申し訳ありませんが、営業開始はもうしばらく待っていただきます。

もちろん」

私たちの方を見た。

「宿泊客で、トネさんとかかわりのあったザンティピーさんたちにももう少しお話をお聞きしたいのでご協力をお願いします」


部屋で待っていてくれとオカモト刑事に頼まれて、私は自分の部屋で煙草を吹かし、窓際の板間の籐椅子に座っていた。朝風呂に入ったので、浴衣に丹前のままだ。

シモーヌとエヴァは部屋でじっとしているのは気が滅入ってくると言って、葬儀の準備のお手伝いをしたいと申し出て、そうさせてもらっている。その方が気が紛れていいだろうと私も思った。ごく簡単な日本語なら彼女らは理解できるし、幸いシュウイチさんもユキさんも多少の英語はできる。

「よろしいですか」

オカモト刑事の声が響き、襖が開けられた。

「お邪魔します」

「おう、どうぞ」

失礼しますと言って中に入ってくる。私は手で眼の前の椅子を示した。オカモト刑事も頷きながら、そこに座った。

「相変わらずここは良い景色です」

「よく来るのかい」

「よく、というほどでもありません。赴任してきてからまぁ両手の指で数えられるぐらいでしょうか」

「そうかい」

胸のポケットから手帳を取り出した。

「再度の確認なんですが、よろしいでしょうか」

「いいぜ」

「先ほど、片平稔彦さんに改めて話を伺ってきました。ザンテさんたちがこちらに来た理由も含めて、全部確認しました。残念ながら、そのエヴァさんが持ってきたという写真は確認できなかったのですが」

「できなかった？」

ここは、驚いたふりをしておく。オカモト刑事は、こっくりと頷いた。

「昨日のことなのですが、ゴミを焼却しているときに持ち歩いていたその写真をうっかり風に飛ばしてしまい、燃えてしまったそうなのです」

「なんと」

オカモト刑事も残念そうな表情を見せた。

「持ち歩いていたというより、半纏の内ポケットにしまい込んだままにしていたそうです。本当にうっかりしていたと、稔彦さんはかなりがっくりしていました。そして、この話をしたときに、稔彦さんは私にお願いしてきました」

「お願いってぇのはあれかい。エヴァには内緒にってことかい」

「お察しの通りです。アメリカからわざわざ持ってきてくれたのに、こんなことになってしまって余りに申し訳ないと。もし本人にもう一度見せてほしいと言われたら、正直に話して謝りますと言っていました。このまま帰られるのならば、黙っていた方がいいだろうと。もちろん、この話をザンテさんだけにすることは、稔彦さんと確認しました」

「そいつがいいだろうな。わかったぜ」

そういう言い訳を用意しておいたのだな。まぁしかしそれは予想していた範囲だった。シモーヌがその場面を目撃したことはまだ内緒にしておこう。

「ザンテさん。率直に申し上げますが」

「おうよ」

「滞在をお願いしましたが、トネさんの件が殺人であれ事故であれ自殺であれ、あなた方はまったく無関係だと判断しました。本当に、その写真を届けるためだけに、アメリカからやってきたあなた方が、トネさんの死に何か関わってくるというのは考え難いものがあります」

そんなことはない。人生にはとんでもない偶然というのもあるのだ。去年私が巻き込まれた事件のように。しかしここは話を合わせておく。

「唯一の疑念は、あなた方がここにやってきた理由だったのですが、それも稔彦さんのお話できちんと確かめられました。何ら無理のないお話です。従って、もしこのまここを引き払いたいというのであれば、その留萌にお住まいだという妹さんに身元確認だけさせていただければ結構なのですが」

うん、と頷き、私は少し考えるふりをする。

「その前に、ちょいと聞きてぇんだけどよ」

「なんでしょう」

「トネさんが殺される動機を持った人間はまるでいねぇんだよな」

　オカモト刑事が眉を顰《ひそ》めた。

「それはあなたにお話できることではないのですが」

「いいじゃねぇか。おいらは元刑事だぜ？　しかもカタヒラ家の皆とはあれこれ話をした人間だ。腹割って話をしようぜ」

　唇を尖《とが》らせた。

「残念ながら無理、なのですが、きっとザンテさんの頭の中では全部整理されているのでしょうね。元刑事でしかも探偵なのですから」

「そういうこった」

　オカモト刑事は、小さく頷いた。

「私から教えることはできませんが、あなたの考えを私に披露する分には問題ありません。国は違えど、捜査の先輩としてご意見を拝聴します」

「そうこなくっちゃな」

　理由だ。

人が人を殺す理由は何か。多くの場合は怨恨《えんこん》や怒りや悲しみや金だ。それで人は殺人を犯す。無論、理由なき殺人も存在するのだが今回の場合は違うだろう。

「ところがどっこい、カタヒラ家では金銭的なトラブルなんかない。トネさんが死んでも得をする人間は一切いないってことだよな」

「そういうことですね」

「怨恨もありえねぇ。話では皆が仲良く毎日を暮らしていたってこったね。それもあんたは言っていた。だから、とりあえず家族間のトラブルという線は消えた。ただひとつ、キイチさんを除いてだがね」

「その通りですね。彼の場合は突然ここに戻ってきました。その理由というのも組から逃げてきて隠れているというものでした。暴力団員ということで、不審な点もありましたが、しかしキイチさんにとってトネさんは実の母親です。彼が帰ってきて以来、トネさんの世話を献身的にしているというご家族の証言も取れました。しかも、彼が数年に一度送ってきていた葉書を読んで、彼もまたトネさんを殺す動機などないという判断をしました」

「葉書？　ってのは？」

苦笑いしてから、オカモト刑事は続けた。

「隠しても、後からあなたは確認するのでしょう。トネさんは息子から届いた葉書を大切に保管していました。そしてそこには、自分の不行状を謝り、母親の健康を心配する心優しき息子の文章が切々と綴られていたんですよ」

「そうなのかい」

人は見かけによらないということか。いや、あの風呂場でのキイチさんは確かにそういう面があってもおかしくない雰囲気があった。

「それで、殺人の線はほぼ消えました。不審者が外部から入って殺害したというのも、現時点では考えられないことです」

教えられないと言いながらもオカモト刑事は全部話してくれている。この刑事さんもまた善人なのかもしれない。

「ってことは、残るは事故か自殺かなんだが、生憎とそっちの線も薄い。さっきもあんたは話していたが、とにかくあそこからトネさんが落ちる理由ってのはどこにも見つからねぇ。ただし警察も暇じゃない。このままだと確固たる理由もねぇまんまによ、遺本人の不注意で落ちて死んだってことで片付けられるんじゃねぇかな。それによ、遺体検分の話をあえて詳しくはしなかったけどよ、大方脛《すね》辺りに打ち傷があったんじゃねぇかい？」

そうです、と頷いた。

「やっぱり気づきましたか」

「気づくは城の天守閣ってもんよ。飛び降りたんなら、ぴょんと飛ぶんだから脛には傷はつかねぇよな。だが、事故だとしたら、片足が落ちた瞬間に反対の足の膝は折れ、脛を戸口の端っこに打ち付けるはずだ。若い奴なら咄嗟に飛んだりしがみついたりするだろうからそんな傷はつかねぇかもしれねぇが、トネさんは老人だ。足を踏み外したならそのまま垂直に落ちる可能性の方が高いしよ、実際、トネさんが横たわっていた位置もそうだったじゃねぇかい」

ふぅ、とオカモト刑事は息を吐いた。

「その通りです。やはりザンテさんには隠していたって時間の浪費ですね」

「そうだろう？」

「トネさんの脛には戸口に打ち付けた跡がありました。従って、ぴょんと飛び降りる自殺の線も、誰かにドン！ と押されて落ちた線も消えるのです。残るは事故だけです。そして、事故ならば、そこに至る理由が判然としなくても、警察としては処理をします。何らかの理由で、たとえば空を眺めようとしたとか、そんなような理由であそこを開けて不注意で落ちてしまったと」

「まぁ、そうだろうよ。そこに文句はつけねぇよ」

私だってそうだ。刑事のときに同じような事件を担当したのなら、それで片付けてしまう。

「ですから、葬儀が終わり次第そういう話をしようと思います。まだ皆さん納得できない部分もあるようですから話をした後に、もう少し時間を掛けて調べますがそれにしたって皆さんにもう一度話を聞いて回ることしかできません。新たな事実が出てくる可能性はかなり低いのです」

頷いておいた。私が隠している事実は別にして、だが。

「オカモト刑事。ひとつお願いがあるんだけどよ」

「なんでしょう」

「一人、日本人の友人をここに呼んでもいいかな」

「お友達を？」

オカモト刑事が少し考えた。

「ひょっとして、留萌にいるという妹さんの関係者ですか？」

「その通り。いや実はもう呼んじまったのさ。このまま捜査が長く掛かるようなら、おいらたちの身元保証人も一人いた方がいいと思ってね」

小さく頷いた。

「そういうことであれば、ザンテさんの身元を保証する人間ということで構いません。着きましたら、お会いします」

7

トネさんの葬儀はお昼から〈五四季温泉旅館〉から車で三十分ほど走ったところにある山寺でごく質素に執り行われた。

私は温泉も大好きだが、日本のお寺も大好きだ。それも古ければ古いほどいいと思う。号徳寺という名のここの山寺もまた古い趣のある寺だった。小さな山の裾にあり、赤い色をした屋根とその裏山の緑のコントラストは実に味わい深いものだ。

寺そのものは小さく、本堂も豪華絢爛《けんらん》というわけではない。それでも明治の開拓期からここにあるというだけあり、柱は古びていい色合いになり、本尊もまた黒みを帯びた渋い色合いになっていた。通り過ぎる風と微かな虫の音だけが響き、お香の匂いが流れていく。

「わざわざありがとうございます。ザンティピーさん」

「いやいや、とんでもないっていってもんで」

トシヒコさんも他の皆も私に頭を下げていった。もちろん、シモーヌとエヴァも参列したのだが、外国人の方は正座は辛いでしょうと和尚さんが我々にパイプ椅子を貸してくれた。それで、三人で後ろに座っていた。

　参列者はカタヒラさんの家族と、近くの町に住むトネさんと同年代の知人、旅館関係者など、全部で二十人ほども集まっただろうか。シュウイチさんの話ではカタヒラ家は親戚の縁が薄く、またそのほとんどが本州に住んでいるため呼ばなかったとか。後ほど通知だけで済ますそうだ。

　もちろん私は仏教徒ではない。かといって敬虔《けいけん》なクリスチャンでもない。そのせいか、和尚さんのお経を聞いていると不謹慎にも眠くなってしまい、膝をつねって耐えていた。

　刑事のオカモトさんも来ていた。これはおそらく刑事としてではなく、知人としてやってきたのだろう。その場ではただ挨拶をするだけで何も話さなかった。

　彼は真面目な男だと思う。刑事として優秀なのかどうかはまだ判らないが、少なくとも男としては信用できるのではないか。

　もしものときには、それはつまり全てを打ち明けて協力してもらわなければならないような事態のときには、躊躇《ためら》わずに相談しようと思っていた。

「ザンテさん」

　読経が終わり、シュウイチさんが私の方に寄ってきた。

「この後は、身内だけで火葬場に向かいます。精進落としもそこでさせていただくのですが、よろしければご一緒に」

「いやいやぁそこまで迷惑は掛けられねぇってもんで。おいらたちは一旦宿に帰らせてもらうぜ。留守番の人はいるんだよな」

「はい、裏に回っていただき、ブザーを押せば出てきてくれます。しかしお昼ご飯などは、自分たちで済ませていただくことになって申し訳ないんですが」

「それもまた一興ってもんさね。お風呂は入っていいんだろう？」

「もちろんです」

　エヴァとシモーヌを乗せ、自分たちのレンタカーで宿に戻った。

『初めて日本のお葬式を体験したわ』

　シモーヌが言う。

『まぁ不謹慎ではあるが、いい体験だったんじゃないか』

『そうね。この先あるとは思えないし』

エヴァも微苦笑していた。旅にアクシデントというのは付き物だが、葬儀にまで参加するというのは中々経験できるものではない。

『あら？』

シモーヌが声を上げる。

『玄関先に人がいるわよ』

『おっと』

確かに、旅館の玄関先で笑顔で手を振っている人物がいた。

『思ったより早く着いたのだな』

車を停める。

「ザンティピーさん！」

「厚田先生！」

一年ぶりの再会だ。

☆

何はともあれ、私の部屋に来てもらった。

「いや、二回目ですけど本当にいい宿ですよねここは」

「まったくよ」

シモーヌを紹介し、そしてエヴァを紹介した。

『何があったかは全部話してある。この厚田先生は信用できる人物だから心配しなくていい。英語もある程度は理解できる』

『日常会話程度ですが』

『学校の先生なんですって？』

シモーヌが訊いた。シモーヌは既に写真で何度も厚田先生の顔は見ているのだ。

『そうです』

『でも、今日は学校ではないのですか？』

心配そうにエヴァが訊いた。厚田先生は苦笑いをする。

『クラスを受け持ってません。自由、が利くのです。今日は金曜ですし、明日明後日は、休みですよ』

そう言って厚田先生は私は見た。

「それにしても、ザンティピーさん」

お茶を一口飲んで厚田先生は苦笑いする。

「どうして北海道に来る度に何かに巻き込まれるんでしょうね」

「まったくよ。おいらは疫病神かよってな」

日本語が判らなかった二人のためにきちんと説明した。厚田先生は今までの二回の私の日本の旅で、有能なアシスタントを務めてくれたのだと。実は二回とも事件に巻き込まれたのだが、彼がいなければ解決しなかったと。

「それは言い過ぎですね」

厚田先生が笑う。

「じゃあさっそくですけどザンティピーさん。その問題の写真を見ることはできませんか」

「あぁ、そいつなんだけどよ」

まだそこのところは話していなかったのだ。燃やされてしまって今はないんだと説明したかったが、しかし今はエヴァがいる。

まぁ先に温泉にでも入りに行こうかと誤魔化そうと思ったのだが、そのエヴァが厚田先生の言葉に反応した。

「しゃしん、ですか？」

「ええ」

そうだった。それぐらいの日本語はエヴァも理解できたのだった。シモーヌが僅かに顔を顰めたが、それには気づかずエヴァは続けた。

『カタヒラさんが帰ってくるまで見られませんよね。コピーでよければありますけど』

『なんだって？』

思わず身体を引いてしまうぐらい驚いた。

『コピーだって？』

『ええ』

何をそんなに驚くのかと、エヴァがきょとんとしながら、自分のハンドバッグを開いた。

『古い写真だし、何かあったときのためにってコピーしておいたんです。もちろんコピーだから見づらくはなってしまうけど、ちゃんと裏も表も両方コピーしています』

『それを持ってきていたのか？』

エヴァはにっこり笑って頷いた。

『念のためにって』

ハンドバッグから白い封筒をエヴァは取り出した。

『これです』

受け取って中から折り畳まれたコピーした用紙を取り出した。

まったく私はどうかしていた。事件ではなく単なる人捜しだし、貴重な個人の写真を勝手に複製してはまずいと判断して焼き増しなどはしなかったのだ。

いやそれは言い訳になる。やはり日本の温泉に行けるというだけで気分が舞い上がっていたのだ。焼き増しは道義的にどうかと思ったのなら、コピーだけでもしておけばよかったのだ。

エヴァに感謝だ。

『うん』

間違いない。あの写真だ。そしてもう一枚は裏側をコピーしたものだ。

そうだ、これだ。これしかない。きっとここに手掛かりがある。

「先生よ」

「はいはい」

「これは写真の裏側なんだ。ここに書いてある数字でエヴァは宝くじが当たったのさ。他のところはどうだい。ほとんどかすれて見えないけどよ。これは日本語だろ？」

先生は眼を細めてコピー用紙を見つめた。

「うわ」

「どしたい」

「随分と達筆ですね」

「そうなのかい」

しばらく日本語で難しい会話が続くと判断したのだろう。シモーヌも気を利かせてエヴァを連れてお風呂に入りに行くと出ていった。

厚田先生は鞄からメモ帳を取り出し、何やら書きながら真剣な顔でコピー用紙とにらめっこしている。

私は煙草に火を点けて燻らし、それを見つめていた。

ややあって、厚田先生の表情が変わった。

「どしたい先生」

　先生が顔を上げて、私を見た。

「ザンティピーさん」

「おう」

　厚田先生の顔色が変わっていた。

「最初に小片に寄って、この写真を見せてくれていれば事態はまったく変わっていたかもしれません」

「どういうことだい」

　悲しげな表情を先生は見せた。

「この写真の裏に書いてあるのは、ほとんど消えかけていますが間違いなく日本語です。しかもかなり達筆の。ですから、今の若い子なんかは読めないでしょうね」

「だが、先生は読めたんだよな」

「判りづらいところもありますが、読めます。伊達に古文書などの研究はしていませんからね」

「何て書いてあるんだい」

先生の唇が歪んだ。

「数字が書いてありますね。ここには四桁の、その下には三桁の」

「あぁ」

それが、今回の旅の始まりだった。その数字でエヴァは宝くじを買い、それが当たったのだ。

「実はこの数字は、ここに書いてある日本語の数字を後から下に書き写したものなんですよ」

「日本語の数字」

「漢数字と言います」

先生はメモ帳に何か日本語を十個書いた。

「これが漢数字です。一、二、三、四、五、六、七、八、九、十です。一、二、三は言われればなるほど数字だと判るでしょう？」

確かにそうだ。棒線がそれぞれの数だけある。

「そしてザンティピーさんたちが読めたのは、それを世界共通の数字、僕らは算用数字と読んでますがそれに書き直したものなんです。推測ですが、この写真を保管していたエヴァさんのお祖父さんが、この数字を忘れないようにあらかじめ日本人の誰かに聞いて書き留めたものなんでしょう」

「なるほどね。理屈は通るな」

その数字はよほど大事なものだったのだ。だから日本の数字を普通の数字に直して書き留めておいた。

厚田先生が一度息を吐いた。

「上の数字は、誕生日です」

「誕生日？」

「片平稔彦さんの誕生日だと書いてあります。そして、下の数字は」

先生は言葉を切って、私を見つめた。

「片平稔彦さんの、命日です」

頭を殴られたような衝撃が私を襲った。

「命日⁉」

厚田先生が、ゆっくりと頷いた。

「間違いなく、この日に〈片平稔彦、病で死去〉と書いてあります」

何てことだ。

死去。

しかし、気づくべきだった。

写真の裏に書いてある数字。

それが何であるかの可能性をまるで考えなかった私のミスだ。日本でもアメリカでも写真の裏に書き留めておく数字なんていうのは、誕生日やあるいは撮影した日にちなど、特別なものではないか。

命日も確かにそのひとつだ。

二人で顔を見合わせた。

「カタヒラトシヒコさんは、三十年以上も前に死んでいるってこったな」

「そういうことですね」

では。今、この〈五四季温泉旅館〉の二代目として存在しているカタヒラトシヒコさんは。誰だ。

やはり誰かが、トシヒコさんに成りすましていたのだ。

それが今、確かめられた。

「でも、奥さんも、そしてお祖母さんも確認しているんですよね？」

「そうさ。確かに確認したぜ。おいらとシモーヌとエヴァの前で」

間違いない。

「ありえないですね。今ここにいる稔彦さんと死んだ稔彦さんが瓜二つという可能性以外では」

「あるいはよ、この写真の裏に書かれていることが間違っているってのは」

いや、それはない。自分で言っといてなんだがそれこそありえないだろう。本人の写真なのだ。その裏なのだ。そこに死去と書いているのだから。厚田先生も頷いた。

「そんな悪いジョークなんか通用しない時代です。誰もそんな冗談を書こうなんて思いません。確かにここには達筆で〈病で死去〉と書いてあります」

「そういうこったな」

それは日本もアメリカも一緒だろう。戦争中に、死をジョークとして捉えるはずもない。

間違いなくここにいるトシヒコさんは偽物だ。

「しかし、何故、ですよね」

何故、アキコさんは、そしてトネさんは、間違いなくトシヒコさんだと言ったのか。

厚田先生が顔を顰めながら言った。

「そう思い込んでいるという可能性はないんですかね。あの時代ですから、一度しか会わないで、いやそもそも会わずに写真だけ見て結婚するなんていうのはまるで珍しくないはずです。そう聞いています。そして、すぐに戦争に行ってしまった」

「確かにな」

トネさんはそんなようなことを言っていた。

トシヒコさんは〈五四季温泉旅館〉に出入りしていた乾物屋の従業員だった。アキコさんとは確かに顔を合わせたことはあったが、ほとんど何も知らないままに婿養子になる約束を交わし、トシヒコさんは戦争に行ったと。つまり恋人同士になったということはなく、本当に何度か顔を合わせたという程度だったのだ。

「ましてや」

厚田先生が続けた。

「戦争で顔に傷を負ったんですよね？　だったら顔に包帯を巻いてきたでしょう。すぐに顔なんか判りません。体つきさえ同じようであれば騙《だま》されます。包帯を取った後も、傷で顔が歪んでしまったとかなんとか誤魔化しはきくでしょう」

「しかしよ先生。アキコさんがそうだったとしてもよ、トネさんは、死んじまったトネさんはトシヒコさんの顔をよく知っていたんじゃねえか」

「あ」

そうでしたね、と先生は下を向いた。

「当人同士がそんなに見知ってはいなくても、親は知ってますよねそりゃあ」

「そのトネさんが、戦争から帰ってきたトシヒコさんを迎え入れたんだ。別人である可能性なんかよ」

あるはずがない。

あるはずがないのに、現にこうして今ここにいるトシヒコさんは偽物だという証拠が出てきた。

何故だ?

何故、トネさんは戦争から帰ってきた別人をトシヒコさんだとして婿養子に迎え入れたのだ?

どんな理由があれば、そんなことになってしまうのだ?

考えろザンティピー。

理由があるのだ。どんな事件にも必ず筋の通る理由があるのだ。

真っ当に暮らしてきた人たちの間に起こった不幸な事件なのだ。

そこには、必ず真っ当な理由がある。

「先生よ」

「はい」

「ここの婿養子になるはずだった〈アンザイトシヒコ〉ってぇ名前の男は」

その男は死んだ。それはもう間違いない。

「その男が向こうで死んだってのを知っているのは、誰よ」

「戦友ですね」

その通りだ。

一緒に戦った仲間だ。

「だとしたらよ、今ここにいる〈カタヒラトシヒコ〉は、婿養子に成りすましている男は〈アンザイトシヒコ〉の戦友ってこったな」

「その可能性が高いですね。稔彦さんはエヴァさんに語ったんですよね？　この写真がエヴァさんのお祖父さんの手元にあった理由を」

そうだ。その通りだ。

「写真を見て、何の躊躇《ちゅうちょ》もなくトシヒコさんは語ったぜ。懐かしそうにな。あの表情に嘘はねぇとおいらも信じた。だからよ、嘘じゃねぇのさ。トシヒコさんは確かに知っていたんだ。この写真がエヴァのお祖父さんの手元にあったことをな」

「きっと、一緒に捕虜になった同じ隊の仲間だったんですよ。エヴァさんのお祖父さん、ジョンさんに彼も良くしてもらった一人なんですよ」

「間違いねぇな」

彼は、生き残ったのだ。

「おそらくよ、二人は捕虜になってジョンさんに良くしてもらった。しかし、その捕虜の時代に本物のトシヒコさんは帰国叶わず病で死んでしまった。おそらくは、今のトシヒコさんもジョンさんも悲しんだことだろうよ。遺されたこの写真の裏に書きつけ、ジョンさんが友情の証しとしてこの写真を持ち帰ったんだ」

「そして、今のトシヒコさんは、本物のトシヒコさんに頼まれたんじゃないでしょうか。ここに、〈五四季温泉〉に行ってくれと。もし俺が死んだら、婿養子になる予定だったから、それができなくなったと伝えてくれと生前に言われていたんじゃないですか」

そうなのだろう。戦友の死を伝えに、帰りを待っている婚約者のもとを訪れたのだ。しかし、そこで。

厚田先生が首を傾げた。

「何か理由があって、今のトシヒコさんは、死んだ〈カタヒラトシヒコ〉に成り代わって、ここの婿養子になったのですね」

「考えられるのは、そういうこったな」

「そうであれば、今のトシヒコさんもまた、天涯孤独かそういう身の上だったのでしょうね」

「そうにちげえねぇな」

あるいは身元を隠さなければならない事情があったか、だ。そして、それを、トネさんは受け入れた。何度かしか会っていなかったというアキコさんが、顔も負傷していた今のトシヒコさんを、本物だと勘違いしたのはしょうがない。しかし、トネさんが勘違いしたとは考え難い。

トネさんは知ってて受け入れたのだ。カタヒラトシヒコではない男を、自分の娘の婿養子として受け入れたのだ。

何故か。

「そうしなければならない理由、ですか」

「さっぱりわからねぇ」

二人でまた考え込んだ。

「ザンティピーさん」

「おう」

「ちょっと、廊下に行ってみていいですか？」

廊下？

「構わんけどよ、どうしてだい」

真面目な顔をして厚田先生は言った。

「現場百遍というんですよ日本の刑事ドラマでは。事件の手掛かりは、現場に全てがあるんです」

「なるほどね」

二人で廊下に出た。

現場はすぐそこだ。

ここが、トネさんが亡くなった現場なのだ。厚田先生が窓越しに下を眺める。

「確かに、ここから落ちたって僕たちなら助かりますね」

「頭から落ちなきゃな」

戸を背にして、廊下を眺めた。階段が奥の方に見える。天井にはあのペンダントがある。厚田先生が私の隣りに立って、同じように眺めた。

「僕は昼間しか来たことなかったんですが、夜は薄暗いでしょうね」

「あぁ、ちょいと薄暗いな。だが雰囲気があっていいもんだぜ」

「亡くなったトネさんは眼があまり見えなかったってことですけど、廊下は真っ直ぐだし迷うこともなかったんでしょうかね」

「そりゃあねぇだろう」

何十年もここで暮らしてきたのだ。

いや、待て。

「迷う？」

何かが引っ掛かった。

「どうしました？」

「ちょいと待ってくれ」

迷うはずがない。間違うはずもない。思わず私は顔を上げた。

景色が違っている。

天井から吊り下がるペンダント。

その数を数えた。

「減っている」

「減っている？」

あのとき、シュウイチくんは一個取り外したのか。

「そして、位置は」

そうだ、全部位置を変えたのだ。戸も外したのだ。

眼の不自由なトネさんが、夜に薄暗い廊下を歩くときに頼りになるのは。

「まさか」

厚田先生が私を訝《いぶか》しげに見ている。そういうことなのか？　それでトネさんはあの扉を開けてしまったのか？

それで落ちたというのか。

「ザンティピーさん？」

「いや、ちょいと待ってくれ」

考えろザンティピー。

仮にそうだとして、今度はその理由だ。

何故、トネさんは二階にやってきたのか。

用など何もないはずの二階に。

「いや」

用があったのだ。

「おいらに、会いに来たのか」

そうだ、夜中に、人知れず、誰にも知られずにこっそりと私に会いに来るために二階に来たのだ。

何かの話をするために。

何の話だ？

「先生よ」

「はい」

「もし、トネさんがよ。夜中にこっそりおいらに会いに来るために二階に上がってきたとしたらよ。そりゃあ何のために来ると思う？」

「そりゃあもう、打ち明け話でしょう」

あっさりと先生が言う。

「もうあの写真に写っているのは〈安斎稔彦〉もしくは〈片平稔彦〉ではないと僕らは知りました。その時点では判らなかったのですけど、その件でトネさんは何かを伝えにザンティピーさんに会いに来たって考えるのが普通じゃないですか？」

そうだ、その通りだ。

だとしたら。

何を打ち明けるのだ。トシヒコは偽物だけど、それにはこういう事情があるからこれ以上騒がないでほしいと頼みに来たのだろうか。

どんな事情だ。

そこにどんな事情があったのだ。

考えろザンティピー。今までにここであったこと、見聞きしたことの全てを思い出すんだ。

ふいにそれが浮かんできた。

「骨か」

「骨？」

そうだ。

「骨だ」

「またですか？」

厚田先生が嫌そうな顔をする。

「心配ねぇよ。今回は骨を探したりしねぇ」

あのとき、キイチさんは何と言った？

ショウイチロウさんは露天風呂から落ちて死んだと言ったのだ。しかし遺体は見つかっていないと。血の跡が河原にあったからそう判断したと。

それなのに、骨を探してみないかと言った。

何故、骨などと言ったのだ？

川の下流から服や靴が見つかったと言っていた。ならば、遺体は川の藻くずかあるいは海まで流されてしまったと考えるのが普通ではないのか。すぐそこの河原で骨など見つかるはずがないではないか。

何故、骨を探してくれなどと言ったのか。

「骨があったんじゃねぇのか」

何年か後に発見されたのではないか。

「ショウイチロウさんの骨がですか？」

「いや、違うよ先生」

それならば、ショウイチロウさんの骨を探せなどとは言わない。

他の、誰かの、骨だ。

「先生、河原に行くぜ」

「河原？」

二人で走って、河原に下りた。ついこの間、シモーヌとエヴァと三人で川遊びをした河原だ。

「谷を望む露天風呂から落ちたとキイチさんはおいらに言ったんだ。でもよ、見てみろよ。どう考えても、あそこからまっすぐ河原になんか落ちねぇだろ？」

「そうですね」

厚田先生も頷いた。

「でもよ、先生」

「なんですか」

「ちょいとあっちへ行ってみようぜ」

ぐるりと蛇行する河原を回り込む形で歩いて行く。ほんの十メートルも歩いたところで私は上を指差した。

「あそこにも湯気が見えるだろ」

「あぁ、そうですね」

「あそこは、女風呂さ。女性専用の露天風呂だ。どうだい先生」

「何がです？」

先生は見上げている。もちろんここから見上げたところで、女性の裸は見えない。

「ここなら、真っ逆さまに河原に落ちるだろ」

「あ」

　確かに、と、先生は頷いた。

「でもザンティピーさん、昭一郎さんが女性用の露天風呂から落ちたと言うんですか？」

「そんなことはねぇだろうよ。普通は、女風呂から落ちるのは女だろうよ」

「え？」

　そう考えるのが、しっくり来るのだ。

「骨を探してくれと、キイチさんはおいらに言ったんだ。冗談交じりにでもはっきりと言った。そいつは、〈骨が見つかった〉からじゃねぇのかい」

「骨が見つかった？」

　そうだ。

　そうとしか思えない。

「川に流されて行方不明になったと考える方が自然なのに、わざわざ沢で〈骨〉を探してくれって言ったんだぜ？　普通は言わねぇだろうよ冗談でもそんなこと。だとしたら、実際に骨が見つかったから、そう言ってしまったと考えるのが自然ってもんよ」

「でも、遺体は見つかっていないって言ったんですよね？」

「言ったぜ」

「じゃあ、実際に見つかったその〈骨〉って」

思わず顔を顰めてしまった。

突拍子もない考えかもしれない。しかし、そう考えれば辻褄《つじつま》が合うのだ。

「もう一人の〈骨〉じゃねぇのかな」

「もう一人ですって？」

そうだ。

もう一人だ。

ショウイチロウさんの他にもう一人、あの女性用の露天風呂から落ちて死んだ人間がいたと考えるのなら、全てが繋がっていくのだ。

「先生、話を聞きに行こうぜ」

「誰にですか？」

トネさんが死んでしまった今となっては一人しかない。

そう、トネさんの身内は、家族は、今は一人しかいないのだ。

「キイチさんだよ」

8

皆が葬儀から帰ってくるのを、部屋で待っていた。帰ってきたところを、偶然外に出たようにしてキイチさんに近づき、話しかけた。

できれば誰にも知られずに話がしたいと。

もちろん、キイチさんはわかったのだろう。それが何を意味するのかは。

「じゃあ、夜中だな。ザンテさんの部屋でいいかい」

「いいぜ」

確認しなければいけないことは全部昼間のうちに片付けておいた。その結果、私も先生も確信を持っていた。

私の部屋で、厚田先生と二人でキイチさんを待っていた。

今夜も月がきれいだ。窓際の板の間で二人、煙草を吹かしながら外を見つめている。

「問題はよ先生」

「なんですか？」

「問題は、そして悩みは、これに気づいたときからずっと思っていたことなんだけどよ」

これは、私が暴いていいことなのか？　ということだ。

同時に、この問題の種を蒔《ま》いてしまったのは、私たちだということだ。結果的に一人の老人を死なせてしまったのも、私だということだ。

「それは」

厚田先生は少し考え込んだ。

「ザンティピーさんのせいではありませんし、それに、そんなことで立ち止まるザンティピーさんじゃないでしょう？　マンハッタン一の探偵は、それぐらいでへこたれたりするんですか？」

「おっと」

笑った。

「その通りだぜ先生」

落ち込むのは後だ。それが良かったのかどうかは、人生の終わりに気づくものかもしれない。

私たちは、答えを見つけてしまった。

見つけてしまった答えは、誰かに伝えなければならない。そしてそれはキイチさんしかいないのだ。

音がした。

それから、声がした。

「入るぜ」

「どうぞ」

いつものシャツにスラックス姿のキイチさんが襖を開けて入ってきたが、手にはウイスキーの瓶を持っていた。もう片方の手にはアイスペールとヤカン。

「俺の奢りだ。一杯やろう」

「いいね」

それらを座卓の上に置くと、お盆の上に伏せてあったグラスを三つ手早く引っ繰り返し、手際よく氷を入れる。ウィスキーの蓋を開け注いで、ヤカンから水を注いだ。

その全てが実に手慣れたものだった。

「バーテンダーでもやっていたのかい？」

「なんでもやったさ。生きていくためにな」

トントントン、とグラスを座卓に移って座った私と先生の前に置いた。

「アメリカじゃどうか知らないが、日本じゃ水割りが普通なのさ」

「何でもいいぜ」

「じゃ、乾杯ですね」

厚田先生が言うと、キイチさんは苦笑いする。

「何に乾杯だい」

「まぁ」

厚田先生が笑う。

「それぞれの人生にですね」

「違いねぇな」

三人でグラスを掲げ、一口飲む。旨《うま》いウィスキーだ。ボトルを見ると〈OLD〉と表記されていた。日本では有名なウィスキーなのだろうか。

「さてキイチさんよ。どうせあんまり気持ち良く酔えねぇ話になりそうだからさ。手っ取り早く話を進めちまうぜ」

「あぁ」

キイチさんが頷く。

「いいさ。やってくれよ」

私は、写真のコピーを座卓の上に広げた。裏面も、表面も。微かに顔を顰めてキイチさんはそれを眺めた。

「あの写真のコピーか？」

「そうさ。一応確認するけどね。キイチさんよ。あんたは早くにこの家を出ちまったから、トシヒコさんのこの頃なんか知らないんだろう？」

そうだな、と頷いた。

「まぁ存在ぐらいは知ってたし、ひょっとしたら会ってたかもしれないけどな」

そうだろうとも。

「あんたにも言ったけどさ。おいらは日本語はこんなにぺらぺらだけど、読むのはまるっきり読めねぇんだよ。そのせいで、随分と気づくのが遅れちまったし、こんなことになっちまった。あんたもこの写真は見たけど、その裏側は見てなかっただろう？」

あのときはケースに挟んだままだった。

「そうだな」

「そこに書いてある文章がわかるかい？」

キイチさんが眼を細めて読む。

「達筆だな」

「らしいね。おいらにはわかんねぇが」

考え込みながら読んでいたキイチさんの表情が変わった。

「なるほどね」

なるほどね、と二度繰り返して頷いた。

「〈病死〉か。そんなことが書いてあったのか」

「まったく迂闊だったぜ。マンハッタン一の探偵が聞いて呆《あき》れる。北海道の温泉に行けるってだけで浮かれちまって、旅立つ前に、マンハッタンに住んでる日本人の友人に読んでくれとその場で訊けば、こんなにも悩まなくて済んだんだ」

キイチさんが唇を歪めた。

「それにさ、キイチさん」

「なんだ」

私は、溜息をついた。

「おいらが最初に気づいて、そうやって話を持ってくれれば、トネさんも事故死しなかったかもしれない。キイチさん。あんたはたった一人残ったトネさんの子供だ」

私は慣れない正座をして、キイチさんと向かいあった。

「この通りだ。申し訳なかった」

「何の真似だい。おふくろが死んだのはあんたのせいだなんて誰も思ってないが」

「いや、少なくともそのきっかけはおいらが作ったのさ」

「きっかけ？」

そうだ。

「今、おいらは言ったよな？　あんたはたった一人残ったトネさんの子供だって。比喩でもなんでもねぇよ？」

キイチさんが眼を大きくした。

大きくして私を見つめ、それから頷いた。

「そういう意味だったのか」

「そうさ。あの夜トネさんは、他の家族の誰にも知られないようにして、その秘密をおいらに説明するために二階に上がってきたんだ。そしてさ、うっかりあそこから落ちちまった」

「何故だ？　どうしてうっかり落ちたってそう思うんだ？」

「あんたにはわかんねぇんだろうな。何せ何十年もここに戻っていなかったんだからよ」

トネさんは一人で二階に上がってきたのだ。

ほとんど見えない眼で、そして薄暗い廊下でトネさんが頼りにしたのは、天井から下がったペンダントの明かりの数だ。

「数？」

「いつもは四つあったそれが、二つしかあの夜はなかったのさ」

私のために、位置をずらしてなおかつ余計なものをシュウイチさんは省いたのだ。

「おまけに、いつもなら廊下の途中にあった扉も外されていた。トネさんは二つのペンダントの下を通り過ぎたらそこに廊下の途中の扉があると思っていたんだよ。そしてもう二つ通り過ぎたらそこにおいらたちが泊まっていた部屋があるとね。そう思って扉を開けたんだ。でもよ、そこにあった扉は」

「雪戸だったのか！」

　キイチさんが少し大きな声を出した。

「きっと、相当久しぶりに二階に上がってきたんだろうさ。いつもなら四つあったペンダントが二つに減らされていて余計に暗かった。だから、廊下を歩いた距離感覚も狂っちまった。おかしいと感じたのかも知れねぇけど、気づいたときには遅かった。トネさんは、あっという間にあそこから落ちちまった」

　私は、息を吐く。

「ペンダントを上に上げて省いたのも扉を外したのも、シュウイチさんがおいらのことを考えてくれてそうしたんだ。身長の高いおいらの邪魔にならないようにってね。トネさんが二階にやってきたのも、おいらに打ち明け話をしようとしたからだ。だから、トネさんが死んでしまったのはまさしくおいらがきっかけなのさ。あんたや、カタヒラ家の皆に恨まれてもしょうがねぇって思ってるぜ」

　厚田先生は、グラスを傾けながらじっと私たちの話を聞いている。キイチさんは、煙草に火を点けて、紫煙を流した。

「恨んでなんかいないさ」

呟くようにキイチさんが言う。

「これは、運命なんじゃないかザンテさん」

「運命？」

「俺みたいな人間には似合わないセリフだろうけどな。あんたたちがここにやってきたのは、あの写真を持ってきたのはそうとしか思えないだろうよ。俺がここに帰ってきたのも、時期を同じくしてあんたがここに来たのも、そしておふくろが死んじまったのも、全部運命なのさ」

どう考えてもそうだ。

キイチさんは、グラスを持ったまま少し下を向き、そう言った。

そうなのかもしれない。

自分のせいだと言った口で逃げるわけではないが、そんな気もする。

「キイチさんが帰ってきたのはよ、組から逃げてきたわけじゃねぇ。トネさんに呼ばれたからなんだろう？　話があるから帰ってきてくれって」

「なんで、わかった？」

「トネさんはおいらに言ってたぜ。『探偵さんは偉いねぇ、凄いねぇ』ってな。そんときはただ褒められたんだと思ってたんだけどさ。ありゃあ自分で探偵を雇って、あんたの居所を調べさせたからそう思っていたんだと考えればぴったり来るのさ。何十年も音信不通の人間を捜し出したんだからよ、そりゃあ探偵さんは偉くて凄いと思うだろうさ」

　他にもまだある。

「実はよ、オカモト刑事に確認したのさ。キイチさんのことを調べたのかって。そうしたらもちろんだってね。言ってたぜ。あんたは逃げ帰ってきたわけじゃない。ちゃんと組から破門状をもらってるっていうじゃねぇか。ってことはトネさんから連絡をもらって、しっかり準備をして、ここに住むためにやってきたって考えた方が妥当じゃねぇか」

　キイチさんは、小さく笑った。

「なるほどね。ザンテさん、あんた本当に名探偵なんだな」

「自分でもそう思ってるぜ」

「俺も驚いたさ。もう二度と会うこともないって決めていたおふくろからいきなり電話が来て、『帰ってきてくれだからな。どうやって居場所を調べたのかと訊いたら

『探偵さんを使った』ってな。いくつになっても親には驚かされるぜ」

そして、そうやってキイチさんを捜し出したということは。

「トネさんは、老い先短かったのかい」

こくりと、頷いた。

「まぁこんなふうに死んじまうとは思ってもみなかったけどな。どっちにしてもあと半年持つか持たないかって身体だったのさ」

「そうかい」

それで、トネさんは全部キイチさんに話したのだ。それを伝えるために、〈カタヒラ家〉を守るために今まで隠していた、自分の胸の奥にだけしまい込んでいた〈カタヒラ家〉の秘密を。

「そうなんだろう？」

キイチさんはふぅ、と息を吐き、水割りを飲んだ。

「そうだ」

「その秘密を、言うぜ？」

私を見て、頷いた。

「アキコさんは、あんたの姉さんじゃねぇんだ。いや、確かにアキコさんはあんたの姉さんだったけど、今ここにいるアキコさんは、アキコさんじゃない。〈イソザキトシコ〉ってぇ名前の、昭和二十年当時ここで働いていた従業員だ。顔はそれこそ輪郭が似てる程度であんまり似ていなかったかも知れねぇが、年格好や背格好は同じようなものだったんだろうさ」

突拍子もない考えだ。

しかし、そう考えれば、全ての辻褄が合うのだ。

「ショウイチロウさんが死んだ昭和二十年に何があったのかはわかんねぇよ。だが、そのときに死んだのはショウイチロウさんだけじゃねぇ。実は、アキコさんも一緒に死んだんだよ。露天風呂から落ちてな。あんたが冗談交じりに骨を探せっていった理由はよ。アキコさんはその後骨になって沢のどっかで見つかったんだろうさ。でもよ、それをアキコさんではなく、〈イソザキトシコ〉さんが死んだことにしたのさ。トネさんはね」

「どうして、そんなことまでわかったんだ。名前まで」

「ここにいる厚田先生に調べてもらったよ。おいらは日本語が読めねぇからな」

「先生が？」

　キイチさんが先生を見た。

「号徳寺に行ってきました」

「そうか、お寺か」

　その手があったか、とキイチさんは薄く笑った。

「そうなんですよ。この辺りで亡くなった人なら間違いなくあのお寺の裏にある墓地に埋葬されているんじゃないかと思ったんです。和尚さんにも過去帳を確認させてもらいましたが、間違いなく昭和二十年に、ここで働いていた〈磯崎寿子〉さんが沢に転落して亡くなってあのお寺に埋葬されていました。片平家の手によってです。つまりそれは、〈磯崎寿子〉さんもまた他に身寄りのない女性だったということです。どこかから働きに来ていたのなら、そちらのお墓に入るはずですからね。ということは、アキコさんの替え玉になっても誰からも文句も出ないし、バレないってことです」

　そうなのだ。あの時代にはそんなことはきっとたくさんあったのだろう。

「考えたのさ。何故トネさんは、偽物の〈トシヒコ〉さんを迎え入れたのかってね。いくら顔を怪我していたからって、ずっと旅館に納品しに来ていた若者の顔を、雰囲気を、声を、間違えるはずがない。すぐに違うって気づいたはずだ。でも、受け入れたんだよ。それは、その理由は、自分んところの娘も替え玉だったからじゃねぇかってな」

それで、全部説明がつくのだ。

何故、ショウイチロウさんと娘のアキコさんが一緒に露天風呂から落ちて死んだのかはわからない。

想像するしかない。最悪の想像を。考えるにはおぞましい想像を。

その事実を隠すために、家を守るために、他の何かを守るために、トネさんはイソザキトシコさんに替え玉になることをお願いした。

死んだのはアキコではなくイソザキトシコにしてくれと。そしてイソザキトシコさんはそれを受け入れた。

カタヒラアキコになってこの先の人生を生きていく決意をしたのだ。

それが、今もここで女将を続けているアキコさんなのだ。

「たぶんだがよ、ショウイチロウさんとただならぬ関係になってしまって、それで二人で心中でもしたんじゃないか。結局見つかったのはアキコさんの骨だけだったんだろうけどよ」

それでとりあえず、最悪の不名誉な噂が流れるのは免《まぬが》れる。

「そして、戦争が終わって婿養子にしようとした〈トシヒコ〉さんが帰ってきたのさ。いくら何度かしか顔を合わせていないとはいっても、替え玉と気づかれるんじゃないかとひやひやしただろうな。ところがやってきた男は〈トシヒコ〉さんじゃなかった。きっと向こうは、偽物の〈トシヒコ〉さんは何の疑いもなく〈アキコ〉さんと呼んだんだろうさ。何せ初めて会うんだからよ。まさか本物のアキコさんは死んでしまっているとも思わずにさ」

トネさんが何を守ろうとしたのか、本当のところはわからない。

全部が推測でしかない。

しかし、わかっているたったひとつの真実は〈安斎稔彦〉は死んでいたということ。

それなのに今生きてここにいるという事実。

その二つの辻褄を合わせるのなら、今私が話したのが唯一整合性が取れるものなのだ。

キイチさんは、グラスのウィスキーを飲んだ。

からん、と氷が音を立てた。

「その通りさ、ザンテさん」

　何度も、頷く。

「何も間違っていない。ほとんど全部が、あんたの推測通りだ。さすがニューヨークから来た名探偵だ」

「導いたのはあんただよキイチさん」

　キイチさんが、骨の話などしなかったら、ショウイチロウさんが落ちて死んだと教えてくれなかったらここまで辿り着かなかった。

「細かいことを説明すれば、おふくろが守ろうとしたのはここの権利だ」

「権利？」

　そうだ、と頷いた。

「今からじゃ考えられないだろうけどな。あの頃は、温泉を見つけた人間が、そしてそれを引き継ぐ血縁者が死んでしまえば温泉の権利は宙に浮いちまったんだ。誰もがそう思っていたそうだぜ」

　そうか、と、先生が頷いた。

「昭一郎さんと章子さんが同時に死んでしまったのなら、血縁者がいなくなってしまうんだ。トネさんは昭一郎さんの奥さんだったけど、血は繋がっていない」

「そういうことだ。おかしな話だがこの辺りではそんなふうになっていたんだろう。だから、おふくろは必死になったのさ。どうしたらいいかと考えたときに、磯崎寿子がそこにいたんだ。姉貴と年も同じで、顔形も背格好もよく似ていた従業員がな。実際、後ろ姿なんかよく間違えられたそうだ」

溜息をつく。家を守ろうとしたという点では正解だったわけだ。

「よく誰にもバレなかったもんだって思ったけどな。ごらんの通りこの辺にはご近所さんもいやしない。入れ替わったところで、不審に思うような人間もいなかったそうだぜ」

人間は印象の生き物だ。たとえば若女将になったのなら、着物を着て髪を結い化粧をしたのなら、それだけでもう印象としては充分だったのだろう。

「親父は」

キイチさんは、煙草に火を点けた。ふぅ、と大きく煙を吐く。

「何を考えていたんだかな。よくわからん。おふくろもそこだけは言いたくなかったんだろう。はっきりとは話さなかった。死んじまう少し前から言動がおかしくなっていたのは事実らしい」

　つらかっただろうな、と、キイチさんは呟く。

「その現場を実際に見たわけでもなかっただろう。いや、そう願うぜ。見ちまったのならつら過ぎる」

　顔を歪める。

「姉貴と親父は何故か女用の露店風呂にいて、何をどうしたのか姉貴は裸のまんま露天風呂から飛び出して落ちていった。親父は慌てて服を引っ掛けて崖を転げ落ちるようにして姉貴を助けようとした」

　だが無論、助からなかった。

「姉貴は沢から少し上がったところで骨になってから見つかった。誰かに埋められていた。親父が埋めたとしか思えん。そうして親父は」

「靴や服だけが川の下流から見つかった」

　そうだ、と、キイチさんが頷いた。

「まぁそのまま川底か海かで骨になっちまっているんだろう。山で骨さえ残さず熊かなんかに食われちまったのかな。生きていたとしても、もうどっかでくたばっているだろうさ」

トネさんより五つ上だという話だったから、生きていたとしてももう九十以上だ。

「だから、おふくろは、姉貴になった磯崎寿子と、そうして何故か安斎稔彦になってやってきた、おそらくは稔彦の戦友の三人の家族になった。このろくでなしの息子はどこで何をやってるかわからなかったしな」

「稔彦さんは」

厚田先生が訊いた。

「結局キイチさんもまだ知らないんですね？　本当はどこの誰なんだか」

頷いた。

「知らないな。もちろんおふくろも、この三十何年か訊こうともしなかったそうだ。あの人は」

溜息をついた。

「いい人だそうだ。この温泉旅館を守るために必死で働いてくれた。章子と結婚して〈片平稔彦〉になって、毎日毎日自分のために、家族のために尽くしてくれた。孫も作ってくれた。今ではひ孫さえいる」

キイチさんは微笑んで、グラスを傾ける。

「幸せだったって、言ってたぜおふくろ。あの稔彦さんのお蔭で、戦後の厳しい時代もずっと幸せに過ごしてこられたってさ」

それだけで充分だったのだろう。

どこの誰かは重要ではないのだ。今ここにいて、自分たちのために一生懸命働いてくれている。家族を守ってくれている。

それだけで、トネさんは良かったのだ。

「それじゃあ」

先生が口を開いた。

「この先も、それを確かめることはないんでしょうね」

キイチさんが先生を見て、それから私を見た。

「俺はそのつもりだが、あんたたちはどうだ」

私は肩を竦めてみせた。

「同じくだぜ。おいらたちは赤の他人だ。そんなことをほじくり返したって何の得にもなりゃしねぇからな」

そうなのだ。

事実は知った。やはり、トシヒコさんとあの写真の若者は別人だったのだ。何故トネさんが受け入れたのかもわかった。

それを知っただけで、充分だ。

「だけどよ、キイチさん。ひとつだけ、わかんねぇことがまだあるんだよ。聞かせてくれねぇか」

「なんだ」

「あんたは、おいらに何をさせようとしたんだい？ それだけがわからねぇ。あんたは何もかもトネさんに聞いた。全部知って。それは誰にも知られちゃいけねぇ家族の秘密なんだ。それなのに、あんたはおいらにヒントを与えた。この家族の秘密を解き明かすようなヒントをよ。本当だったらよ、おいらたちは脅してでもさっさと追い返すべき人間なんだ。秘密をほじくり返す前によ」

だがそうしなかった。

それは、何故なのか。

キイチさんは、煙草を揉み消しながら大きく息を吐いた。そして、苦笑いをする。

「済まなかったな」

「謝られることなんかねぇけどよ」

「なんだかな」

重かったのさ、とキイチさんは続けた。

「おふくろから聞かされた事実がな。この三十何年ぶりに帰ってきたろくでなしには、秘密が重過ぎてしょうがなかった。この先、どうやってこの秘密を抱えて生きていけばいいのかもわからなかった。家族といったって、ここにいるのは全部俺にとっては血の繋がらない赤の他人ばっかりだ。そこに、あんたたちが、ザンテさんたちがやってきた」

あの写真を持って。

「正直驚いたぜ。こんな偶然があるものかと飛び上がるほどだった。だが、同時に、どこかホッとした」

「ホッとした？」

キイチさんが頭を二度三度振った。

「俺は、重くて重くて耐えられなくて、この先どうすればいいのかも考えつかなくて、あんたに、一緒に持ってもらいたかったのかもしれない」

「この秘密って荷物をかい」

「そうだ」

キイチさんは、グラスを置き、私を見た。頭を下げた。

「情けない話だ。済まなかった」

私はウィスキーの瓶を持ち、半分以下になっていたキイチさんのグラスに注ぐ。氷を入れ、水を注いだ。

「なぁに、別に構わないってもんよ」

キイチさんが顔を上げた。

「探偵ってのはさ、他人様の秘密を墓場まで抱えて生きていくのが商売なんだ。なんてこたぁねぇよ」

☆

翌日、私たち三人は厚田先生と一緒にここを発った。

次の目的地はもちろん、オ・ヴィラの〈ゆーらっくの湯〉だ。

キイチさんと話したことは、誰にも告げてはいない。シモーヌにはニューヨークに帰ってから本人が知りたがったのなら聞かせることにしよう。エヴァには、話さなくていいことだ。

オカモト刑事にだけは、トネさんの事故死の理由だけを話しておいた。そうしなければ、真面目な彼のことだ。いつまでもその理由を探し続けて、〈カタヒラ家〉の秘密にまで踏み込むかもしれなかったからだ。

もちろん、理由だけだ。

トネさんが私に会いに二階に上がってきて、うっかり落ちてしまったその理由だけ。トネさんが何の話をしようとしたのかは、知ろうとするなと含めておいたし、彼もそれだけで納得してくれた。

大丈夫だ。そもそも犯罪ではないのだから警察がかかわるものでもないし、オカモト刑事は信頼するに足る刑事だと私は感じた。彼ならそれ以上踏み込まないでいてくれる。

一応、ニューヨークに来ることがあったならただで宿を提供することを条件にしておいた。まさか来ることはないと思ってそう言ったのだが、彼の瞳が一瞬輝いたのでひょっとしたらそんなこともあるのかもしれない。まぁいい。オカモト刑事は気持ちの良い男だ。遊びに来るのなら歓迎だ。

トシヒコさんも、アキコさんも、シュウイチくんもユキさんも、玄関まで出て私たちを見送ってくれた。本当にご迷惑をお掛けしましたと、深々と頭を下げてくれた。その後ろで、キイチさんが黙って唇をへの字にして私を見ていた。私も何も言わずにただ小さく頷いた。キイチさんもそうした。

大丈夫だろう。

キイチさんはそういう世界で生き残ってきた男なのだ。タフな男のはずだ。秘密の重さは、半分にした。これできっと墓場まで持っていくことだろう。何かあったら自分が盾になって〈カタヒラ家〉を守っていくことだろう。何も知らないシュウイチくんやユキさんや、その息子のタクロウくんを、自分の義理の家族を守っていける。

できれば、死ぬ前にもう一度会って酒を飲みたいものだと思った。今度は苦い酒ではなく、再会の旨い酒を。

レンタカーを所定の場所で返し、オ・ヴィラへは鉄道で行くことにした。あそこへは、その方が気持ちが良いのだ。海岸沿いを走る小さな鉄道は、その景色はきっとシモーヌもエヴァも気に入ってくれる。

「今回もまた迷惑を掛けちまったな」

鉄道の駅の待合室で、厚田先生にそう言うと笑った。

「何を今さらですよザンティピーさん」

しかし、先生は小学校の先生にしておくのにはもったいないのではないか。何といってもこれで三件もの事件に私と一緒にかかわり、その度に墓場まで持っていかなければならない秘密を私と一緒に抱え込んでしまったのだ。

それなのに、厚田先生は平然としている。大したものだ。ミッキーは、私の義妹はひょっとしたら大物を夫にしたのかもしれない。

「ミッキーと一緒にニューヨークに来たらどうだい」

「遊びにですか？」

「おいらと一緒に探偵をやるんだよ」

それもいいですね、と厚田先生はまた笑う。

「先生を首になったら考えますよ。そのときはよろしくお願いしますね」

「おう、合点承知の介ってもんよ」

☆

『ザンティピー!』

『サンディ』

私の名を呼びながら、サンディは私に駆け寄ってきた。

『走るなサンディ!』

慌てて私の方から駆け寄って、そっと抱きしめあい、キスを交わす。久しぶりに見る最愛の妹の顔。

そして、新しい命を宿しているそのお腹。

『順調なのか?』

『もちろんよ。何の心配もいらないわ』

オ・ヴィラの〈ゆーらっくの湯〉では、たくさんの人たちが私たちを待ちわびてくれていた。

「リュウイチくん」

「お義兄さん。お元気そうでなによりです」

握手を交わす。

「よくやった」

サンディのお腹を示すと、少し恥ずかしそうに笑った。

「きっとよ、あんたに似たハンサムな男の子が生まれてくるぜ」

「まだどっちかはわかりませんよ」

「女の子ならサンディに似て美人だ。どっちにしたって最高の子が生まれる」

善二郎さんも、トキさんも、笠原家の人々は皆元気でいてくれた。それだけで、私の心は浮き立ってくる。

そして。

「ザンティピーさん！」

「ジュン！　マコ！」

道の向こうから走ってくる私の若き友人たちの姿は見違えるほどだった。ジュンは背が倍になったのではないかと思うほど大きくなり、マコはすっかりお姉さんに、そして美人さんになっていた。

「でっかくなったじゃねぇかこのぉ」

嬉しくなって彼らを抱きしめ、頭を撫でた。そんなことをされて喜ぶ年でもないだろうが、二人とも笑って喜んでくれた。

「ザンテさんまた髪が伸びたね」

「切ってねぇからな」

そういうマコも随分と髪の毛が伸びた。

「どうでぇ、二人は恋人同士になったのか」

何を言ってるの！　と、マコに笑って叩かれた。ジュンも恥ずかしそうに笑った。この二人の間柄は相変わらずのようだ。

「ミッキー」

サンディの義理の妹であるミッキーもまた変わっていなかった。

「済まなかったな。また先生を遠いところまで連れ出しちまってよ」

「いーえ」

ミッキーが笑う。

「この人、大喜びしてたんですよ。またザンティピーさんと一緒に動けるって。学校に行くよりそっちの方が楽しいみたいです」

「そりゃああんまり感心しねぇな」

厚田先生も苦笑いしていた。


この先、私の人生で何度ここを訪れることができるだろう。いや、また来なければならない。何といってもサンディの子供を、私の甥か姪をこの手で抱きしめなければならないのだから。

これで三度目の、日本の旅はここで終わる。

今回も、温泉をたっぷりと愉しめた。しかも、多くの優しき人々に会うことができた。

私は、満足していた。

自分がかかわったことで起こってしまった悲劇への悔いと懺悔の念を抱えながらも、

満足していたのだ。

やはり、日本は素晴らしい。

良い国だ。

エピローグ

凶暴な陽差しが事務所の中に入り込んでいた。夏は暑くなくてはならないし、陽差しが入ってくるのも構わない。しかし、陽差しが入ってくる理由がブラインドが壊れたからというのは洒落にならない。

眩しいのだ。そして暑いのだ。

『机を動かすか』

それしかこの陽差しを避ける方法はない。しかし、この机の重さは尋常ではないのだ。私が持ち込んだものではなく、ここを借りるときに置いてあった机をそのまま使っている。無論、場所もそのままだ。使ってみて初めて、これはいらないから置いていったのではない。重くて運ぶのが面倒だから置いていったのだと。

おそらくは、マフィアのボスかなんかが使っていた机なのだろう。全体は普通の木の机なのだが、実は中には鉄板が仕込まれている。

そう、いきなりマシンガンを持った連中に押し込まれて銃撃戦になったときに、とりあえず机の下にもぐれば致命傷は避けられる。そういうありがたい机なのだ。

幸いにもまだこの事務所に銃を持った連中が押しかけてきていきなり発砲するようなことはなかったのだが。

だから、一人で動かすのは無理だ。かといって、シモーヌに来てもらってもどうしようもない。

下の階のバートンを呼んだところで使い物にはならないだろう。「いくら出すんだ」と聞いてくるに決まっている。

そこで、ノックが響いた。

振り返ると曇りガラスに映った影が見える。

男の影だ。

それだけで、私たちはわかる。ゆっくりとドアに歩み寄って、建て付けの悪いドアを開けた。

笑みを浮かべた黒髪の男が立っていた。

『アーノルド』

『ザンティピー』

笑いあって、肩を抱きあう。生き残っていたことを、また再会できたことを喜びあう。

『ちょうどいいところへ来た』

『なんだ、旨い酒でも手に入ったのか』

『いや、机を動かすのを手伝ってくれ』

一年ぶりに会うシモーヌの兄、アーノルドは何故か以前より太っていた。余程待遇の良いところに潜入していたのだろう。

どこで何をしていたのかは訊かない。訊いたところで話せない。ただ、無事でいたことを喜ぶだけだ。

『相変わらず汚い事務所だ』

『馬鹿を言うな。これでも掃除には気を遣っている』

気は遣っても金は使えないんだなと笑う。その通りだからしょうがない。警察を辞めて何年経ってもあの頃より稼げたためしがない。もちろん、儲けようと思って探偵などはやっていないし、そもそも実入りのいい商売でもない。

『シモーヌを日本の〈オンセン〉に連れていってくれたんだって？』

『あぁ、聞いたのか』

『喜んでいたぜ。日本の〈オンセン〉があんなにも素晴らしいなんて想像もしていなかったって』

『生憎金を出したのは私ではないがな』

それでも、喜んでもらえたのは嬉しい。

『それなのに何にもされなかったってシモーヌが怒っていたぜ』

『よせよ』

アーノルドはそれで構わないと何度も言う。妹はお前のことが好きなんだから幸せにしてやってくれと。私だって、彼女を幸せにできるのならば、その思いに応えたっていい。だが、できっこないのだ。

せめて、兄の代わりに悪い虫がつかないように傍に置いておくぐらいだ。

二人でビールを飲みながら、また遺言状の書き替えをしていた。

『ところで、ザンティピー』

『なんだ』

アーノルドは書き替えた遺言状をヒラヒラさせた。

『今回で、もう会う度に書き替えるのは終わりだ』

ニヤリと笑う。

『ということは？』

『そうだ』

潜入捜査官の任を解かれたということか。

『それは良かった』

ビールの缶を打ち合わせた。そもそも潜入捜査官は顔を知られてはやっていけない。アーノルドはもう五年もその任に就いていた。いくら髪形や髭で印象を変えても限界はある。裏の世界だってそうそう広くはない。

『最後まで生き残ったのはお前に続いて五人目だぜ』

『そうだったな』

解任されるまで務めあげる人間は少ない。それほど過酷なのだ。もちろん、最悪の結果として殺された仲間もいる。

『それじゃあ盛大に祝った方が良かったじゃないか。こんな事務所でビールじゃなくて』

『いや』

アーノルドが笑った。

『シモーヌに言ったらな。生き残ったお祝いは三人で日本の〈オンセン〉に行きたいから、そのためにお金を貯めておいてくれってさ』

『そうか』

そうだな。前にもシモーヌは言っていた。三人で温泉に行きたいと。

日本に行こう。

今度は三人で。

そのために、毎日を懸命に働くのだ。歩き回って靴底を磨り減らし、たとえ卑しい職業と言われようとも依頼人のために何かを探し続けるのだ。

その毎日の向こう側に、温泉が待っている。


電話が鳴った。

私は勢いよく受話器を取った。

『はい、こちらザンティピー・リーブズ探偵事務所』

この作品は書き下ろしです。原稿枚数２７５枚（４００字詰め）。

幻冬舎文庫

●好評既刊
探偵ザンティピーの休暇
小路幸也

ザンティピーは数カ国語を操るNYの名探偵。「会いに来て欲しい」という電話を受け、妹の嫁ぎ先の北海道に向かう。だが再会の喜びも束の間、妹が差し出したのは人骨だった！　痛快ミステリ。

●好評既刊
探偵ザンティピーの仏心
小路幸也

NYに住むザンティピーは数カ国語を操る名探偵。ボストンのスパの社長から、北海道で温泉経営を学ぶ娘のボディガードの依頼を受ける。だがその途中、何者かに襲われ、彼は気を失ってしまった。

●好評既刊
ホームタウン
小路幸也

札幌の百貨店で働く行島征人へ妹から近く結婚するという手紙が届いた。だが結婚直前、妹と婚約者が失踪する。征人は二人を捜すため捨ててきた故郷に向かう……。家族の絆を描く傑作青春小説。

●好評既刊
21　twenty one
小路幸也

二十一世紀に、二十一歳になる二十一人。中学の時、先生が発見した偶然は、僕たちに強烈な連帯感をもたらした。だが、一人が自殺した。なぜ彼は死んだのか。〝生きていく意味〟を問う感動作。

●最新刊
烙印
天野節子

発見場所も殺害時期も異なる二つの遺体。捜査に当たった戸田刑事は事件の関連性を疑う。勘と足だけを頼りに真実に迫るベテラン刑事と頭脳明晰な犯人。緊迫の攻防戦を描いた傑作ミステリ。

幻冬舎文庫

●最新刊
五十嵐貴久
パパママムスメの10日間

無事女子大生になったムスメの入学式で雷に打たれた親子は、パパがママに、ママがムスメに、ムスメがパパに入れ替わり!! そうして気づいた、それぞれの家族への思い。大共感の長篇小説。

●最新刊
木下半太
悪夢の身代金

イヴの日、女子高生・知子の目の前でサンタクロースが車に轢かれた。瀕死のサンタは、とんでもない物を知子に託す。「僕の代わりに身代金を運んでくれ。娘が殺される」。人生最悪のクリスマス!

●最新刊
西澤保彦
身代わり

女子高生が自宅で殺された。現場に警察官の遺体が……。一方、大学生が女性を暴行したが反撃され自ら腹部を包丁で刺し死亡。高瀬千帆と匠千暁の名推理で無関係に見えた二つの事件が交錯する。

●最新刊
弐藤水流
いじめの鎖

警視庁捜査一課の祖父江は右手が切断された死体遺棄現場に臨場する。近くの落書きを殺人予告と捉え、捜査を進める警察を嘲笑うかのように大阪で同様の事件が発生。今度は頭皮を剝がれていた。

●最新刊
貫井徳郎
後悔と真実の色

若い女性の人差し指を切り取る「指蒐集家」が警察を翻弄していた。捜査一課の西條輝司は、捜査に没頭するあまり一線を越え、窮地に立つ。連続殺人鬼vs刑事の執念。第23回山本周五郎賞受賞作。

幻冬舎文庫

●最新刊
ダブル
深町秋生

犯罪組織で名を馳せる刈田。だが組織の掟を破り、ボスの手で最愛の弟らを殺された。自身も重傷を負うが、回復し、復讐を果たすため、顔も声も変え古巣に潜る……。一大エンタテインメント！

●最新刊
嗤うエース
本城雅人

人気球団スターズの浪岡龍一は、孤高のエースとして称賛を浴びていた。だがある日、週刊誌に暴力団との交際を報じられる。黒い噂は八百長の可能性にまで発展するが……。衝撃ミステリ！

●最新刊
ほたるの群れ4
第四話　瞬《ましろぐ》
向山貴彦

阿坂と千原が姿を消して半日以上。永児と喜多見は自分たちを狙うグループの長と対面していた。そして敵味方入り乱れての絶望的な死闘が始まる。生き残るのは？　人気シリーズ『一学期』完結！

●最新刊
FOR RENT—空室あり—
森谷明子

「あたしが殺したの」と何度も呟き死んだ母親の過去を探るため、少年は16年ぶりに故郷を訪れた。悲劇の真相は二転三転し、秘密を抱えた者たちの〝人生を賭した罪滅ぼし〟が明らかになる。

●最新刊
乱心タウン
山田宗樹

高級住宅街の警備員・紀ノ川は、資産はあるがクセもある住人達を相手に、日々仕事に邁進していた。ある日、パトロール中に発見した死体を契機に、住人達の欲望と妄想に巻き込まれていく。

探偵《たんてい》ザンティピーの惻隠《そくいん》

小路幸也《しょうじゆきや》

平成24年10月10日　初版発行

発行人――石原正康
編集人――永島賞二
発行所――株式会社幻冬舎
〒151-0051東京都渋谷区千駄ヶ谷4-9-7
電話　03(5411)6222(営業)
03(5411)6211(編集)
振替00120-8-767643

印刷・製本―中央精版印刷株式会社

装丁者――高橋雅之

幻冬舎文庫

ISBN978-4-344-41928-5　C0193　し-27-5

幻冬舎ホームページアドレス　http://www.gentosha.co.jp/
この本に関するご意見・ご感想をメールでお寄せいただく場合は、
comment@gentosha.co.jpまで。